KB072656

비룡잠호

秘龍潛虎

오채지 新무협 판타지 소설

FANTASTIC ORIENTAL HEROES

비룡잠호 4

오채지 新무협 판타지 소설

초판 1쇄 찍은 날 § 2011년 10월 19일
초판 1쇄 펴낸 날 § 2011년 10월 26일

지은이 § 오채지
펴낸이 § 서경석

편집부장 § 권태완
편집책임 § 주소영

펴낸곳 § 도서출판 청어람
등록번호 § 제1081-1-89호
등록일자 § 1999. 5. 31
어람번호 § 제2-2165호

주소 § 경기도 부천시 원미구 심곡2동 163-2 서경B/D 3F (우) 420-822
전화 § 032-656-4452 팩스 § 032-656-4453
http://www.chungeoram.com
E-mail § chungeoram@chungeoram.com

ⓒ 오채지, 2011

ISBN 978-89-251-2659-3 04810
ISBN 978-89-251-2591-6 (세트)

비룡잠호

秘龍潛虎

4

오채지 新무협 판타지 소설

FANTASTIC ORIENTAL HEROES

청어람
도서출판 람

目次

第一章

너는 누구인가?

동혈의 끝에서 바라보는 절벽 아래의 세상은 장엄했다. 너
비 백여 장 정도의 거대한 협곡과 까마득한 낭떠러지, 바닥에
자욱한 안개는 세상을 온통 몽환적인 별세계로 만들어놓았
다. 엽사담과 살극달은 바로 그 안개를 뚫고 사라져 버렸다.

"대체 여기가 어디죠?"

장자이가 떡 벌어진 입으로 물었다.

"천년부호(千年腐湖)라는 곳이에요."

독고설란이 말했다.

"천년부호? 그게 뭐죠?"

"비가 내려 고인 물이 천 년 동안 썩어서 만들어진 일종의 늪이죠. 미지의 독충들과 악어가 우글거리는데다 바닥은 정체를 알 수 없는 독무(毒霧)로 자욱해 그 어떤 고강한 내력의 소유자라도 일각을 버티지 못할 거예요."

"그럼 살극달도……"

"섣부른 판단을 하기엔 아직 일러요!"

갑자기 말을 자르고 들어온 사람은 조빙빙이었다. 앞서 엽사담에게 마혈을 짚였던 그녀는 독고설란의 도움으로 제약에서 풀려날 수 있었다.

조빙빙이 재우쳐 입을 열었다.

"엽사담은 처음부터 이곳을 통해 빠져나갈 작정이었어요. 분명 무언가 안배가 있었을 거예요. 살극달 역시 인간의 한계를 벗어난 존재이고 보면 그가 살아 있다는 전제하에서 구출할 방법을 모색해야 해요."

살극달이 인간의 한계를 벗어난 존재라는 조빙빙의 말을 독고설란은 선뜻 이해할 수가 없었다. 살극달이 대단한 능력을 지닌 사람이기는 하지만 인간인 이상 저 천년부호에 떨어져서 살아남을 가능성은 희박했다. 그러나 설혹 그가 죽었더라도 구출 작전은 펴야 했다.

"아무런 대책도 없이 세 사람 모두 뛰어들 수는 없어. 그랬다간 그를 구하기는커녕 모두가 몰살을 당할 거야. 일단 누군가 내려가 아래의 상황을 파악해야 하는데, 낭떠러지가 너무 깊어 내려갈 수도 없거니와 설혹 내려간다 해도 시간이 지체 되어 독무에 노출될 거야."

독고설란이 말했다.

조빙빙 역시 자하부의 사람이고, 이곳 천년부호에 대해서 는 귀가 따갑도록 들었다. 독고설란의 말처럼 무작정 내려갔 다간 죽음을 면치 못할 것이다.

뾰족한 방법이 없는 가운데 독고설란과 조빙빙은 발만 동 동 굴렀다.

"마땅한 사람이 하나 있긴 한데……."

장자이가 말꼬리를 흐렸다.

독고설란과 조빙빙의 시선이 재빨리 장자이를 향했다.

"뚱보 매상옥, 그러면 할 수 있어요."

조빙빙은 어리둥절했다.

자신들도 내려가지 못하는 길을 그 뚱보가 무슨 수로 내려 간단 말인가. 하지만 장자이의 말뜻을 알아차린 독고설란은 반색을 했다.

"어서 그를 데려와요!"

"제가요?"

"아래에서 변수가 생길지 모르니 나와 빙빙은 여길 지켜야 해요. 그가 무슨 신호를 보낼지도 모르고."

"하지만 매상옥 그 인간은 나만 보면 일단 죽자고 달려들단 말이에요."

"시간이 없어요. 서둘러요."

＊　　　＊　　　＊

그는 뱃머리에 오연히 서 있었다.

어깨너머로 늘어뜨린 은발과 눈처럼 하얀 백의 장포, 깊고 심유한 회백색의 눈동자는 주변의 경물과 어우러져 흡사 선계의 존재처럼 신령한 분위기를 자아냈다.

늪에는 사이한 독무가 자욱했지만 그와 구 인의 괴인들은 뱃놀이를 나온 것처럼 태연했다. 그들이 탄 배를 중심으로 커다란 막이 펼쳐진 듯 독무가 침투하지 못하고 있었기 때문이다.

백발의 사내가 무형의 기파를 배 전체로 뿜어내고 있는 게 분명했다. 무림의 고수들이 호신강기를 끌어올려 비를 튕겨낸다거나 모기의 접근을 막는 경우가 있긴 하다.

하지만 그건 어디까지나 제 한 몸뚱어리를 에워싸는 정도에 불과하다. 지금처럼 배 전체를 강기로 에워싸는 경우는 살극달에게도 황당무계한 상황이었다.

"네가 살극달인가?"

백발의 사내가 물었다.

수면 위로 솟은 나뭇가지에 아슬아슬하게 서 있는 살극달과 그와의 거리는 무려 십여 장. 하지만 목소리는 바로 곁에서 말하는 것처럼 또렷하게 들렸다.

그리고 위엄이 있었다.

왕처럼 존귀한 운명을 타고난 자들에게서나 볼 수 있는 자연스러운 위엄이 그의 음성과 태도, 그리고 눈빛에 스미어 있었던 것이다.

"너는 누구인가?"

살극달이 말했다.

백발 사내의 물음에 대한 긍정의 대답인 동시에 상대의 정체를 묻는 질문이었다.

"포괄적인 질문이군."

백발의 사내는 즉답을 피한 채 자욱한 안개 너머로 시선을 던졌다. 무언가 생각에 잠긴 듯 한동안 딴 세상을 응시하던 백발의 사내가 천천히 살극달에게로 시선을 돌리며 말했다.

"내 이름은 데뭉게다."

아무래도 해줄 수 있는 말은 그것밖에 없었나 보다. 아니면 누구냐는 물음에 한마디로 자신을 설명하기에는 너무나 어려웠던지.

살극달은 그 마음을 이해할 수 있었다.

그 역시 자신의 정체성에 대해 오랫동안 고민하지 않았던가.

"너는 나와 같은 존재인가?"

살극달은 백발의 사내가 자신과 같은 존재임을 첫눈에 알아본 것처럼 백발의 사내 역시 자신을 알아보았을 것으로 생각했다.

그건 그 어떤 논리로도 설명할 수 없는 일종의 본능 같은 것이었다.

"너는 네가 무엇이라고 생각하지?"

백발의 사내가 되물었다.

자신이 다른 사람들과 다르다는 것을 깨달은 순간부터 살극달이 장구한 세월을 품고 살았던 의문이다. 그걸 알아내기 위해 자신과 같은 존재를 찾아 칠백 년 동안이나 헤매지 않았던가.

북해의 동토에서부터 바다 건너 흑안귀들이 사는 열사의 땅까지. 한데 바로 그 존재가 지금 살극달의 눈앞에 서 있었다. 단 한 번도 상상해 보지 못한 상황으로.

"나는… 내가 무엇인지 알지 못한다."

"얼마나 살았지?"

"왕조(王朝) 바뀌는 걸 일곱 번 보았다."

살극달의 말을 이해하지 못한 아홉 명의 괴인은 어리둥절한 눈으로 살극달과 백발사내를 응시했다. 저들은 백발사내의 실체를 모르는 것이 분명했다.

백발의 사내는 심연처럼 그윽한 눈으로 살극달을 응시했다. 마치 속내를 모두 들여다보는 듯한 그 시선이 한층 무르익을 무렵 그가 말했다.

"외로웠겠군."

살극달은 가슴 한쪽이 짜르르 울리는 것 같았다. 칠백 년이란 긴 세월 동안 살극달은 아내를 딱 한 번 맞았다. 그녀는 그 시절 당가타에 막 뿌리를 내리기 시작한 작은 의가 당문의 여인이었다.

이제는 얼굴조차 기억나지 않지만 그녀와의 삶은 행복했다. 하지만 오래가지 않았다. 그녀는 점점 늙어갔고, 살극달은 지금의 모습 그대로였다. 그녀는 결국 늙어 죽었다.

살극달은 자신이 남들과 다르다는 걸 그때 처음 깨달았다. 차디찬 땅속에 아내를 묻은 그날 이후 살극달은 누구에게도 정을 주지 않았다. 사랑하는 사람들이 죽어가는 모습을 지켜볼 수 없기 때문이었다.

한곳에 오래 머물 수도 없었다.

이웃의 젊은 사내가 늙지 않는다는 것을 알아차린 사람들이 두려워하며 멀리했기 때문이다. 부모로부터 무슨 말을 들었는지 밤마다 아이들이 요괴라며 돌을 던지고 가기도 했다.

그때부터의 삶은 평범한 삶일 수 없었다.

땅 위에 수많은 인간 군상이 존재했지만 살극달은 오직 홀로 존재하는 것 같았다. 그런 삶이 무려 칠백 년 동안이나 이어져 결국엔 텅 비어버린 가슴의 공허함을 누가 이해할 수 있을 것인가.

남만에서 만난 하씨 일가는 살극달에게 꺼져 가는 인간다움에 불씨를 댕겨준 사람들이었다. 살극달은 밀어내려고 애썼지만, 실제로도 그랬다고 생각했지만, 그날 하소추와 하대광이 차례로 찾아와 막내 하원일의 죽음을 알려주었을 때 전혀 그렇지 못했다는 걸 뒤늦게 깨달았다.

그들과 생활한 지 불과 십 년 남짓. 애써 차가운 척, 돌처럼 굳어버린 척했지만 그에게는 아직 인간의 피가 흐르고 있었던 것이다.

"나는 심장이 없었다."

백발의 사내가 조용히 입을 열었다.

"하지만 어느 날 생겨났지. 봄비에 가랑잎 젖는 것처럼 그렇게 천천히. 나는 온 생애를 다해 그 심장을 지키고자 했다. 그런데 그들이 내 심장을 앗아갔다."

백발사내의 눈빛이 차갑게 돌변했다.

지금까지의 무심한 분위기는 온데간데없고, 모든 것을 얼려 버릴 듯한 냉기가 주변을 에워쌌다. 살극달은 백발의 사내가 현재를 얘기하고 있음을 깨달았다. 대화가 현실로 돌아온 것이다.

"그들이 내 심장을 앗아간 것처럼 나 역시 그들의 심장을 앗아갈 것이다."

"도대체 무슨 일을 꾸미는 거지?"

"네가 무엇인지는 스스로 찾아라. 그리고 다시 한 번 나를 방해하면 너의 기나긴 삶에 종지부를 찍어주겠다."

알 수 없는 한마디를 흘려놓고 백발의 사내가 한 손을 들었다. 그의 뒤에 시립해 있던 근육질의 사내가 삿대를 힘차게 찍었다. 배가 가랑잎처럼 가볍게 방향을 틀더니 물 위를 소리 없이 미끄러져 갔다.

"내 볼일은 아직 끝나지 않았다!"

살극달이 우렁우렁한 고함과 함께 신형을 박찼다. 그가 서 있던 작은 나뭇가지가 파르르 떨리는 사이 살극달은 무려 십여 장을 날아 괴인들이 타고 있는 배의 후면으로 뚝 떨어져 내렸다.

대경실색한 괴인들이 병기를 뽑아 들고 선미로 몰려들었다. 그들 구 인의 괴인 너머로 뱃머리에 서 있는 백발사내와 그의 발아래 엎어져 미동도 않는 엽사담이 보였다.

엽사담은 한 명의 여자로부터 지극한 보살핌을 받고 있었다. 벼랑 아래로 떨어질 당시 비록 급소는 피했다고 하나 살극달이 칼로 세 번이나 찔렀으니 지금쯤 목숨이 경각에 달했을 것이다.

거기에 백발의 사내가 엽사담의 등에 붙어 있는 살극달을 떨쳐 내기 위해 내지른 일장도 있었다.

하지만 백발의 사내가 내지른 일장은 산을 쳐 뒤편의 소를 쓰러뜨린다는 격산타우(隔山打牛)의 일장이었고, 장법의 특성상 엽사담에게는 큰 충격이 가지 않았을 것이다.

이는 마치 칼에 벼락이 치면 정작 칼은 멀쩡한 반면 그 칼을 쥔 사람이 즉사를 해버리는 것과 같은 이치다.

그런 이유로 살극달은 지금 내상을 입은 상태였고, 엽사담은 도상(刀傷)을 입은 상태였다. 경중을 따지자면 엽사담이 훨씬 심각했다.

그러나 그럼에도 불구하고 살극달은 엽사담이 죽지 않을 수도 있다는 생각이 들었다. 그건 백발사내의 존재로 말미암아 느껴지는 일종의 직감이었다. 왠지 그라면 엽사담을 살릴 수 있을 것 같은 느낌.

"엽사담을 넘겨라."

살극달이 말했다.

"넌 이미 충분한 복수를 했다."

"아직 하소추와 하대광의 주검이 있는 곳을 듣지 못했다. 그리고 엽사담이 죽기 전엔 끝난 게 아니다."

"혈사곡에서 죽은 자 외에도 또 있단 말인가?"

"네가… 혈사곡을 어떻게 알지?"

*　　　*　　　*

장자이가 매상옥을 데리고 온 건 반 각이 채 걸리지 않아서였다. 얼마나 다급하게 달려갔다 왔는지 숨이 턱 밑까지 차오른 상태로 그녀가 말했다.

"혹시나 싶어 사람들에게 밧줄을 있는 대로 챙겨오라고 일러두었어요."

장자이가 숨을 한 번 꿀떡 삼키고는 매상옥의 뒤편에 서 있는 노인 검노를 가리키며 말을 이었다.

"그리고 저분은 자기가 따라오겠다고……."

"혹시 내가 도울 일이 없나 해서 따라와 봤지."

검노가 입맛을 다시며 말했다.

도울 일이 있을지 몰라서라기보다는 뭔가 신나는 일이 있지 않을까 해서 따라온 것이었다.

"우선 저길 좀 보세요."

독고설란은 매상옥과 검노를 동굴 밖 절벽으로 안내했다. 까마득한 낭떠러지와 바닥에 깔린 사이한 안개를 본 매상옥의 얼굴이 새파래졌다.

"이게 대체 뭡니까?"

매상옥이 물었다.

독고설란은 지금까지 있었던 일을 최대한 빠르고 간략하게 설명했다.

"그러니까 제가 몽도술(夢道術)을 펼쳐 저 아래로 내려간 다음 어떤 상황이 벌어지고 있는지를 알려달라는 말씀이군요."

"몽도술? 네놈이 몽도술을 한다고?"

검노가 느닷없이 물었다.

"노인장께서 몽도술을 어찌 아십니까?"

매상옥이 반문했다.

매상옥이 검노를 처음 본 것은 운중각에서였다. 그때 검노는 느닷없이 나타나 엽사담이 조빙빙을 안고 도망친다고 알려주었고, 살극달이 엽사담을 추격하고 난 뒤 검노는 이원로를 포함해 무림의 초절정고수들을 손에 매달린 저 철구로 때려죽였다.

워낙 부지불식간에 벌어진 일인데다 그 후로도 몰려드는 적들과 싸우느라 인사를 나눌 여유가 없었다. 때문에 검노는 살극달이 데려온 엄청난 고수라는 것만 짐작할 뿐 누구인지는 전혀 알지 못했다.

"여산법문의 잡귀들은 몰살을 당한 지 오래이거늘 네놈이 몽도술을 어찌 아느뇨?"

상대가 뭐라고 묻든 말든 검노는 제 할 말만 했다.

매상옥의 얼굴이 노래졌다.

몽도술이라는 이름을 아는 것도 신기하거니와 그것의 뿌리와 역사까지 한 줄에 꿰뚫는 사람은 살극달 이후 처음이었다.

"노, 노인장은 대체 뉘시오?"

"아휴, 답답해. 한 사람이 물으면 다른 사람은 대답을 해야지, 둘 다 주야장천 묻고만 있으면 어쩌자는 거예요!"

참다못한 장자이가 버럭 소리를 질렀다.

검노가 이건 또 뭐야 하는 얼굴로 장자이를 노려보았다. 상황이 엉뚱하게 흘러가자 독고설란이 재빨리 수습했다.

"자세한 얘기는 차차 하기로 하고, 우선 몽도술을 펼쳐 주세요."

"그건 곤란합니다. 아시다시피 제가 지금 몽혼산에 중독된 상태여서 말입니다."

"그거 거짓말이었다고 몇 번이나 말해. 그리고 내가 해독제까지 줬잖아. 너, 그거 안 먹었어?"

장자이가 짜증을 냈다.

"해독제인지 독인지 어떻게 알아?"

"어휴, 저 답답한 자식."

"닥쳐!"

"정 못 믿겠으면 이렇게 하자. 네가 몽도술을 펼치다가 죽으면 여기 있는 부주와 오공녀께서 내 목을 치는 걸로. 어때? 그러면 됐지?"

"약속할 수 있겠습니까?"

매상옥이 독고설란을 돌아보며 물었다.

그 와중에도 그는 장자이의 눈빛을 세심하게 살폈다. 혹시나 저 물건이 또 사기를 치지 않는지 의심스러운 것이다.

"좋아요. 만약 당신이 몽도술을 펼치다 죽으면 자하부의 이름으로 빙하신투를 처단할게요."

독고설란이 말했다.

"그럼 한번 해보겠습니다."

매상옥이 재빨리 동굴 바닥에 드러누웠다.

하지만 이번에는 검노가 또 딴죽을 걸었다.

"몽도술을 펼치는데 왜 드러눕느뇨?"

"잠을 자야 할 거 아닙니까?"

매상옥이 심드렁한 얼굴로 되물었다.

"돼지같이 생긴 놈이 하는 짓마다 정말 미련하기 짝이 없군."

검노는 혀를 끌끌 차더니 매상옥의 목덜미 아래로 한 발을 쑥 집어넣었다. 그런 다음 발등으로 툭 차올리자 반쯤 드러누운 상태였던 매상옥의 상체가 발딱 일어섰다.

그 상태에서 검노는 매상옥의 뒷덜미를 잡고 번쩍 들어 올리는 한편 한 발을 현란하게 놀려 매상옥의 하체를 꼬고 비틀었다.

이어 바닥에 내팽개치듯 떨어뜨리자 매상옥은 발바닥 두 개를 가운데 모아 위로 솟은 상태에서 삼각형을 이루며 주저앉은, 얼핏 보면 가부좌를 튼 것과 비슷하지만 기묘하기는 더한 자세로 앉게 되었다.

"지, 지금 뭐하자는 겁니까?"

제 의지와는 상관없이 얼떨결에 발을 꼬고 앉은 매상옥이 뜨악한 얼굴로 물었다.

"닥치고 집중하라."

검노의 음성에는 감히 항거할 수 없는 힘이 실려 있었다. 살극달이 데려온 인물이라면 최소한 자신에게 해악은 가하지 않을 터. 매상옥은 어리둥절한 가운데 재빨리 두 손을 양 무릎에 올려놓고 정신을 집중했다. 그때 매상옥의 귓속으로 검노의 잔잔한 음성이 흘러들었다.

"몽도술의 뿌리는 천축 밀교의 수행법이다. 중원의 호흡법은 모두 잊어라. 오직 눈썹과 눈썹 사이에 위치한 제삼의 눈, 즉 두정안(頭頂眼)에 정기신(精氣神)을 집중한 채 지금부터 내가 일러주는 주문을 암송하라."

검노의 입술이 달싹거리기 시작했다.

전음을 통해 주문을 알려주는 것이 분명했다. 때를 맞춰 매상옥의 입에서 의미를 알 수 없는 단어가 자불자불 흘러나왔다.

흡사 요괴의 중얼거림과도 같은 음성이 이어지기를 한참, 어느 순간 사이한 안개가 매상옥을 에워싸는가 싶더니 정수리로부터 더욱 짙은 연기가 한줄기 빠져나갔다.

동시에 주문도 뚝 끊어졌다.

사위가 쥐 죽은 듯 고요해졌다.

아무도 가르쳐 주지 않았지만 사람들은 매상옥의 육체에서 혼백이 떠났음을 직감적으로 알아차렸다.

과연 잠시 후 매상옥의 입에서 오싹한 음성이 흘러나왔다.

"배가 있습니다."

"배라니? 그럴 리가……."

조빙빙이 놀란 음성을 흘리며 독고설란을 바라보았다. 이게 어떻게 된 일이냐는 뜻이었다. 독고설란은 잠시 생각을 하더니 모기만 한 소리로 속삭였다.

"어쩌면 가능할 수도 있어."

"가능할 수도 있다뇨?"

"오랜 세월 비가 퍼부었는데도 불구하고 늪의 물이 차오르지 않는 것을 이상하게 여겨 아버지께 여쭤본 적이 있지. 아버지께선 늪 어딘가에 바깥의 강과 통하는 동혈이 있고, 물이

일정한 수위에 달하면 거길 통해 빠져나가는 것 같다고 말씀
하셨어. 그 동혈을 통해 강에 사는 물고기와 악어들이 우연히
늪으로 들어왔다가 나가는 길을 찾지 못해 갇히기도 하고. 하
지만 정확히 강의 어디와 통하는지는 끝내 찾지 못하셨지."

"누군가 그곳을 찾았군요."

독고설란과 조빙빙이 대화를 나누는 사이 매상옥이 또 말
을 했다.

"살극달이 보입니다. 선미에 홀로 서 있는데 병장기를 뽑
아 든 아홉 명의 살벌한 놈들에게 둘러싸여 있습니다. 엽사담
은 선수의 구석에 쓰러져 있고, 곁에는 백발에 섬뜩한 안광을
지닌 괴인이 한 명 더 보이는데… 분위기가 장난 아닙니다."

"적이 열 명이나 된다고요?"

독고설란이 물었다.

"헉! 싸움이 벌어졌습니다. 저, 저건……."

"왜요? 무슨 일이에요?"

"하나같이 엄청난 괴물들입니다."

"그를 도와야 해요."

매상옥에게서 시선을 뗀 독고설란이 사람들을 돌아보며
말했다. 하지만 선뜻 대답하는 사람이 없었다. 이 상황에서
저 까마득한 벼랑 아래로 어떻게 내려갈 것이며, 독무는 어떻
게 견딜 것이며, 열 명이나 되는 절정의 고수는 어떻게 상대

할 것인가.

"독무는 둘째치고서라도 여기서 몸을 던지면 십중팔구 내장이 파열돼 죽을 거예요. 바닥이 제아무리 물이라고는 하지만 인간의 육체는 이만한 높이에서 떨어지는 충격파를 견딜 수 없어요."

조빙빙이 말했다.

"방법이 아주 없는 것은 아니야."

검노가 말했다.

사람들의 시선이 검노에게로 향했다.

"본좌가 귀도성에 갇혀 있을 당시 한 가지 무공을 만들었지. 이름하여 철륜비조공(鐵輪飛鳥功)이라는 것이다."

"그게 뭐죠?"

독고설란이 물었다.

"이를테면 두 개의 철구를 질풍처럼 휘둘러 그 원심력을 이용해 사람이 하늘을 나는 것이지. 이론상으로는 분명 가능한데 이상하게 한 번도 성공을 한 적이 없단 말이야."

검노는 그때 철륜비조공을 통해 하늘을 날아 귀도성을 탈출할 작정이었다. 황당무계하기 짝이 없는 상상이었지만 그런 희망이라도 없었다면 그는 귀도성에서의 생활을 견디지 못했을 것이다.

"하나마나 한 얘기를 왜 하는지 모르겠네."

장자이가 눈을 흘기며 말했다.

"날지는 못하지만 낙하하는 속도를 늦출 수는 있다고 장담한다."

사람들이 눈을 번쩍 떴다.

장자이가 버럭 외쳤다.

"그럼 어서 하지 않고 뭘 해요?"

"문제는 그걸 실제로 해본 적이 한 번도 없다는 거다. 내가 살던 곳에선 그만한 높이의 낭떠러지가 없었거든. 위로 솟은 절벽은 있었지만."

"그럼 이참에 한번 해보시죠."

장자이를 비롯해 조빙빙, 독고설란의 시선이 검노에게 못 박은 듯 꽂혀서 움직일 줄 몰랐다. 그때 매상옥의 입에서 또 한 번 일성이 터졌다.

"살극달이 일장을 맞았습니다."

잠시 매상옥을 향했던 사람들이 새파랗게 질린 얼굴로 다시 검노를 바라보았다. 그들의 얼굴엔 간절함이 가득했다.

검노는 잠시 갈등했다.

사실 그는 자하부에 들어와 고수다운 고수를 만나지 못했다. 한데 저 벼랑 아래에 엄청난 강자들이 우글거린다는 말을 듣자 저도 모르게 입안에 군침이 고이기 시작했다.

살극달을 구해주고 싶은 생각은 눈곱만큼도 없지만 저런

강자들을 상대로 살극달이 혼자 재미를 보고 있다고 생각하니 배가 슬슬 아픈 것이다.

"낙하는 속도를 늦추는 건 문제가 아닌데, 이걸 들고는 늪에 서 있을 수가 없다."

말과 함께 검노가 치렁하게 늘어뜨린 쇠사슬을 들어 보였다. 쇠사슬 끝에는 이백 근에 달하는 철구 두 개가 매달려 있었다.

사람들은 또다시 절망에 빠졌다.

사람이 신이 아닌 이상 저런 쇳덩어리를 들고 물에 떠 있을 수는 없는 것이다. 늪으로 떨어지는 즉시 깊은 바닥에 가라앉아 익사할 수밖에 없다.

"배 위로 떨어지면 어때요?"

조빙빙이 말했다.

"배로?"

"매 공자가 배의 위치를 최대한 자세히 설명을 해주면 어림잡아 뛰어내리다가 안개를 뚫는 순간 배를 향해 방향을 트는 거예요. 철구의 원심력을 이용하면 불가능할 것 같진 않은데, 어때요?"

第二章

검노 날다

아홉 명의 괴인이 펼치는 연수합격술은 살극달이 지금껏
경험한 그 어떤 방식의 공격보다 빠르고 사나웠다.

여기에는 개개인의 무공이 크게 작용했다.

그들은 하나하나가 일신에 대단한 무예를 지닌 절정의 고
수들이었고, 싸움에 임해서는 자신감으로 넘쳤다.

거기에 지형의 이점이 있었다.

싸움이란 온몸의 기관이 하나의 체계 속에서 일사불란하
게 움직이는 일종의 흐름이다. 그중 가장 중요한 것이 초식과
연계되는 보법, 그리고 호흡이다. 내공심법을 달리 숭식법(崇

息法)이라고 하는 이유가 여기에 있다.

하지만 사방에 자욱한 독무로 말미암아 살극달은 호흡을 조절할 수 없는 반면, 적들은 일사불란하게 치고 빠지는 차륜전을 통해 반 호흡씩 숨을 조절하고 있었다.

바깥이었다면 전혀 거리낄 게 없는 적의 숫자가 지형적인 불리함으로 말미암아 살극달에겐 치명적인 약점으로 작용했다.

그리고 내상까지 입은 터였다.

덕분에 살극달은 지금 평소의 공력 사 할 정도밖에 사용할 수 없었다.

그 대가는 컸다.

세 번째 적을 상내로 십어 초식을 나누었을 때 살극달은 일격을 허용하고 말았다. 벼락처럼 다가와 살극달의 어깨에 혈선을 새겨 넣고 사라진 사내는 쭉 찢어진 눈매를 따라 살기가 철철 흘러넘치는 중년의 검수였다.

살극달은 즉각 무시무시한 도격을 떨쳐 상대를 밀어냈지만, 어깨에 맞은 일격의 여파로 호흡은 더욱 거칠어졌다.

독무가 폐까지 침투하면서 극통이 밀려왔기 때문이다. 공력을 최대한으로 끌어올려 독기를 차단하고는 있지만 언제까지 버틸 수는 없는 노릇이었다.

그 순간 네 번째 적이 튀어나왔다.

앞서 삿대를 찍던 근육질의 장한이었다.

놈은 어림하기에도 백 근에 육박하는 장창 한 자루를 귀신처럼 다루며 전방의 공간을 헤집었다. 살벌하게 일어나는 바람을 따라 서늘한 예기가 반 장여의 허공을 빽빽하게 메웠다.

그 궤적 속에 들어오는 건 무엇이든 난도질해 버릴 것 같았다. 힘이면 힘, 속도면 속도, 어느 것 하나 나무랄 게 없이 고명한 창술이었다.

살극달은 흐트러진 호흡을 추스르느라 뒷걸음질을 치기 바빴다. 창수와의 싸움이 채 끝나기도 전에 다섯 번째 적이 가세했다. 살극달이 부상을 입었다는 걸 알고 서둘러 싸움을 끝낼 심산인 모양이었다.

얼굴의 반쪽을 강철 투구로 가린 데다 하나밖에 남지 않은 눈동자에선 횃불 같은 안광이 일렁이는 장년의 검수였다. 그는 그 안광만큼이나 사나운 검초를 질풍처럼 뿌리며 살극달을 겁박했다.

세 사람이 서 있는 선미의 폭은 겨우 반 장여. 어깨가 맞닿을 것 같은 그 좁은 공간 안에서 두 개의 병기가 부딪치지 않고 어우러지는 것은 고도의 솜씨를 지니지 않으면 불가능한 것이었다.

하지만 그들은 한 치의 공간도 낭비하지 않고 능숙하게 합격술을 펼쳤다. 뿐만 아니라 위력적이기까지 했다.

살극달로선 난감할 수밖에 없었다.

창을 쳐내고 접근할라치면 검이 빈 곳을 파고들고, 검을 떨쳐 낼라치면 어느새 창이 벼락처럼 찔러온다.

살극달은 두 개의 병기가 만들어내는 하나의 전권 속으로 박도를 힘차게 찔러 넣었다. 세 개의 병기가 하나로 격돌하면서 귀청을 찢는 굉음이 울렸다.

까강깡!

격돌의 힘이 정점에 이르는 순간, 살극달은 그 상태 그대로 적들을 갑판의 중앙을 향해 밀어붙여 버렸다. 병기가 더욱 복잡하게 얽히며 세 사람의 거리가 순식간에 사라져 버렸다.

당황한 적들이 뒷걸음질을 치는 순간, 살극달은 천둥 같은 대갈일성과 함께 추주어륙(推舟於陸)의 수법을 발휘, 적들을 나뭇단처럼 밀어 던져 버렸다.

"갈!"

그 어떤 신력의 소유자도, 막강한 내공의 소유자도 어쩔 수 없었다. 엄청난 진력을 견디지 못한 두 명의 적은 빗자루에 쓸린 가랑잎처럼 허공을 날아 시커먼 늪으로 떨어졌다.

언제 먹을거리가 떨어지나 기다리고 있던 악어 떼가 촉수를 건드린 독물처럼 반응을 보였다. 하지만 적들은 제비가 수면을 스치듯 비연약리(飛燕躍浰)의 수법을 발휘 순식간에 배 위로 다시 뛰어들었다.

그들이 밟았던 수면엔 고요한 파장만이 늪 전체로 퍼져 나가고 있었다.

'백전을 치른 고수들이다!'

무림인들 간의 생사 대결에서 실전의 경험만큼 중요한 게 없다. 경험에는 기연이 없는 법. 절공을 익힌 무림 초출이 하급의 무공을 익힌 백전의 노장을 이기지 못하는 이유가 거기에 있다.

적들은 하나같이 절공을 익혔을 뿐만 아니라 삶과 죽음을 넘나드는 실전을 무수히 치른 자들이었다.

운이 좋아 저들 모두를 처치한다고 해도 백발의 사내가 버티고 있다. 그는 선수의 갑판에 오롯이 서서 싸움을 관망하고 있지만, 언제든 손이 필요하면 주저하지 않고 나설 것이다.

현재의 살극달에게는 그를 상대할 여력이 남아 있지 않았다. 살극달은 생애 처음으로 패배라는 단어를 떠올렸다.

백발사내에게서 내상을 입은 게 치명적으로 작용했다. 구인의 괴인이 펼치는 무공이 생각했던 것 이상으로 강한 것도 원인이 되었다.

'볼썽사납게 됐군.'

살극달은 저도 모르게 자조했다.

그때쯤 또 다른 적들이 걸어나왔다.

이번엔 세 명이었다.

턱을 뒤덮은 은발의 수염에 용두장도를 든 칠순의 노인과 작달막한 초자곤(梢子棍)은 중년의 꼽추, 그리고 갈고리 부분이 뾰족하게 갈린 괴(拐)를 든 미공자였다.

살극달은 단지 마주 서는 것만으로도 적들의 수준을 알 수 있었다. 그들 하나하나의 무공은 앞서 상대한 자들에 비해 결코 낮지 않았다. 용두장도의 노인은 오히려 한 줄 위의 고수였다.

도대체 어디에서 튀어나왔는지 모를 각양각색의 고수들은 살극달을 벌집으로 만들기라도 할 것처럼 사납게 달려들었다.

앞서 두 명을 밀어붙이느라 약간의 공간을 확보한 살극달은 황급히 후방으로 빠지는 한편, 배의 끄트머리를 진각으로 밟았다.

쿵!

둔탁한 굉음과 함께 선미가 꺼지고 선수가 솟구쳐 올랐다. 하지만 적들은 중심을 잃고 휘청거리기는커녕 탄력을 이용, 허공으로 솟구친 상태에서 각자의 병장기를 휘둘렀다. 급박한 순간을 맞이한 살극달은 박도를 크게 휘둘렀다.

빠카캉!

네 개의 병기가 허공에서 격돌하며 불꽃이 사방으로 튀었다. 그중 하나가 난상으로 얽힌 투로를 꿰뚫고 살극달의 심장을 노렸다.

노인의 용두장도였다.

찰나의 순간 살극달은 황급히 상체를 꺾는 동시에 박도를 안쪽으로 쳐올렸다.

깡!

요란한 굉음과 함께 용두장도가 바깥으로 튕겨 나갔다. 하지만 그 틈을 타고 미공자의 괴에 달린 갈고리가 살극달의 허벅지를 찢었다.

픽! 소리와 함께 화끈한 불 맛이 온 신경을 타고 전해졌다. 실로 오랜만에 느껴보는 극통. 하지만 그건 이미 살극달이 예상한 수였다.

허벅지를 주고 심장을 지킨 살극달은 박도를 벼락처럼 비틀어 괴를 쥔 놈의 한쪽 팔을 잘라 버렸다.

"악!"

찢어지는 비명과 함께 준수한 얼굴의 미공자가 어깨를 붙잡고 물러났다. 놈이 있던 자리에 몸뚱이를 잃은 팔 하나가 뒹굴었다.

검진의 측면이 무너지는 것을 확인한 살극달은 득달같이 파고들었다.

따닥딱.

도극으로부터 튀어나온 검기가 전방을 헤집고 다녔다. 막강한 경파를 견디지 못한 용두장도의 노인과 초자곤의 꼽추가 황급히 뒷걸음질을 쳤다.

하지만 그것도 잠시, 삽시간에 갑판의 절반을 장악해 버린 살극달로부터 위기를 느낀 노인이 단전을 거세게 찔러왔다.

모두를 위해 자신을 돌보지 않는 과감한 한 수였다. 하지만 살극달은 노인을 직접 상대하지 않았다. 살극달은 허리를 묘하게 비틀어 노인의 장검을 아슬아슬하게 흘려보낸 다음 난간을 박차고 날며 박도를 머리 위로 쭉 뻗었다.

그 순간, 살극달의 전신에서 강기가 소용돌이치더니 칼끝에 이르러 시퍼런 번갯불로 화했다.

쫘르릉!

밀집한 적들을 향해 시퍼런 벼락이 떨어졌다. 소위 말하는 푸른 번개, 즉 검강(劍罡)의 발현이었다.

흡사 뇌신(雷神)이 번개를 치는 것과도 같은 이 수법의 이름은 뇌공후(雷公吼)! 살극달은 그야말로 남은 힘을 모두 쥐어짜 적들에게 강력한 일격을 먹인 것이다.

그러나 다음 순간 눈앞에 펼쳐지는 비현실적인 상황에 살극달의 동공은 급격하게 오그라들었다.

천참만륙으로 찢겨 나가리라 생각했던 구 인의 괴인은 멀쩡했다. 그리고 그들 사이에 백발의 사내가 태산 같은 존재감으로 서 있었다.

시퍼런 검강을 뿌려대던 살극달의 칼끝은 백발사내의 손바닥에 사로잡혀 있었다. 검붉은 핏물이 손목을 타고 주르륵 흘러내리는데도 불구하고 백발사내의 얼굴엔 한 점의 흔들림도 없었다.

그 순간, 칼끝을 쥔 백발사내의 손이 벼락처럼 원을 그렸다. 괴이한 경력에 휘말린 도신이 백발사내의 팔에 뱀처럼 휘감겼다. 그러다 어느 순간 그 힘을 견디지 못하고 폭탄처럼 터져 나가 버렸다.

따당땅!

그와 동시에 백발사내의 장심이 용암처럼 시뻘겋게 달아오르더니 살극달의 가슴에 강력한 일격을 먹였다.

뻥!

등골을 울리는 극통과 함께 살극달은 선미의 끝까지 주르륵 밀려 나간 끝에 겨우 중심을 잡을 수 있었다. 그의 오른손엔 도신이 모두 터져 나가 버린 박도의 도파만이 덩그러니 잡혀 있었다.

해가 여섯 달이나 지지 않는 북해의 동토에서 얻은 강철을 일천 번이나 담금질해 만든 보도가 판자 조각처럼 부러져 버린 것이다.

거듭된 내상과 수백 년을 함께한 보도의 폭발로 망연자실해 있는 살극달을 향해 백발의 사내가 저벅저벅 걸어왔다. 칼을 쥐었던 손에서 아직도 피가 철철 흘러내리고 있었다.

그는 살극달을 죽이려 하고 있었다.

살극달은 검파만 남은 칼을 버리고 두 다리를 어깨 넓이로 벌렸다. 그리고 주먹을 끝에서부터 단단하게 말아 쥐었다. 독기가 침투한 뱃속에선 지독한 고통이 밀려왔다.

'이대로는 필패다!'

그 순간.

"다 죽여 버리겠다!"

갑자기 허공으로부터 우렁찬 사자후와 함께 맹렬한 파공성이 울렸다. 고함이 끊어지기도 전에 천중을 가득 채운 독무를 뚫고 시커먼 그림자 하나가 모습을 드러냈다.

자그마한 체구에 쇠사슬에 매달린 철구 두 개를 머리 위에서 질풍처럼 휘두르며 낙하하는 그는 검노였다.

"비켜!"

검노가 살극달을 향해 소리쳤다.

아마도 살극달이 서 있는 선미로 떨어질 모양. 지척에 가까워지자 검노는 찢어지는 고함과 함께 한 발을 쭉 내밀었다.

하지만 아뿔싸!

검노의 발은 딱 한 뼘 정도 모자랐다.

무얼 어떻게 해볼 사이도 없이 검노는 그대로 늪으로 곤두박질쳤다.

푸콰콰쾅!

검노의 몸무게와 회전 반경 일 장의 철구 두 개가 만들어낸 거대한 물보라가 배를 노도처럼 덮쳤다. 살극달과 백발의 사내는 물론 배에 탄 사람들은 너나 할 것 없이 물을 흠뻑 뒤집어썼다.

그 충격의 여파로 늪에는 커다란 너울이 생겼고, 배가 쉴 새 없이 흔들렸다. 사위가 고요한 가운데 잠시 후 하늘에서 딸랑대는 음향과 함께 종을 매단 밧줄이 떨어졌다.

절벽 중간의 동혈에서 독고설란과 장자이가 두 사람을 구하기 위해 밧줄을 던진 게 틀림없었다. 종을 매단 것은 소리를 듣고 위치를 파악하라는 뜻일 터. 밧줄은 종을 추 삼아 사람들의 머리 위를 그네처럼 오가고 있었다.

딸랑대는 소리와 함께.

하지만 물속 깊이 잠겨 버린 검노는 감감무소식이었고, 뽀글뽀글 공기 방울만 쉴 새 없이 올라왔다.

그때 백발의 사내가 말했다.

"오늘은 그만 물러가겠다."

"왜 나를 살려주는 거지?"

"넌 내가 이해할 수 있는 유일한 사람이었다. 그러나 나를 추격한다면 그 대가를 무겁게 치러야 할 것이다."

그 말을 끝으로 백발의 사내가 돌아섰다.

그것을 신호로 근육질의 장한이 창을 버리고 삿대를 들었다. 그가 삿대를 노 삼아 젓자 배는 또다시 아무 일 없었다는 듯 물 위를 미끄러져 갔다.

그때쯤 살극달의 머리 위로 밧줄이 지나갔다.

살극달은 훌쩍 뛰어올라 밧줄을 잡았다.

무게를 느끼자 밧줄이 끈 떨어진 연처럼 풀렸다. 살극달은 밧줄을 쥔 채로 잠영을 시작했다.

늪 아래의 바닥은 생각보다 깊지 않았다. 삼 장 정도를 잠영해 들어가자 희뿌연 물 사이로 몰려든 악어 떼와 맹렬한 사투를 벌이고 있는 검노가 보였다.

*　　　*　　　*

자하부는 지옥도로 변했다.

열 걸음이 멀다고 시체가 널브러졌으며, 건물 담벼락 곳곳엔 검의 궤적처럼 핏물이 뿌려져 있었다.

한편에선 들것에 시체와 부상자들을 싣고 어디론가 달려가는 사람들로 분주했다. 부상자들을 돌볼 여력이 있다는 건 싸움이 끝났다는 걸 의미했다. 당연하게도 이자담을 비롯한 결사대의 승리였다.

대연무장에서는 궁즉통이 모든 사람을 집결시켜 놓은 가

운데 수하들로 하여금 시체와 부상자들을 분류하는 한편, 아직 숨이 붙어 있는 자들은 치료하도록 지휘하고 있었다.

운신이 어려운 부상자의 수는 어림잡아도 천여 명에 육박했다. 애초 아군의 숫자가 이백 정도였으니 부상자의 대부분은 적이었다. 하지만 궁즉통은 치료에 적아를 두지 않았다.

한편에선 이자담과 결사대의 고수들이 커다란 원을 그리고 그 속에 오백여 명에 육박하는 포로들을 몰아넣은 채 삼엄한 경계를 펼쳤다.

사로잡힌 포로 중에는 철기대주 이정갑과 혈랑대주 표길량도 있었다.

포로들의 정면에는 검노가 어디서 가져왔는지 모를 커다란 태사의에 앉아 냉엄한 눈길로 전방을 쓸어보고 있었다.

오백여 명에 달하는 포로가 겨우 백여 명에게 속박당한 채 옴짝달싹 못하는 그림이 이렇게 해서 만들어진 것이다.

천년부호로 떨어졌던 검노가 여기에 있게 된 사정은 이러했다.

반나절 전, 살극달은 익사하기 직전까지 간 검노를 밧줄로 친친 묶었고, 독고설란과 매상옥 등이 잡아당겨 멸천구관의 동혈까지 끌어올렸다.

그렇게 끌어올려진 검노는 손가락만 한 거머리가 새까맣게 달라붙어 있다는 것 외에는 별다른 부상을 입지 않은 상태였다.

하지만 살극달은 달랐다.

검노를 동굴까지 끌어올려 놓자마자 살극달은 정신을 잃어버렸다. 가볍지 않은 내상에 독은 폐까지 침투했고, 어깨와 허벅지에는 외상을 입었기 때문이다.

그때부턴 상황이 급박하게 돌아갔다.

매상옥은 살극달을 업고 냅다 자미원으로 뛰었다. 정작 물에 빠져 거의 익사 직전까지 간 검노는 아무도 신경 써주는 사람 없이 홀로 그 많은 거머리를 다 떼어내고는 터벅터벅 자하부로 돌아와야 했다.

그리고 지금 검노는 불과 반나절 전에 죽을 뻔한 사람이라고는 믿기 어려울 정도로 형형한 안광을 뿌리며 태사의에 앉아 포로로 잡힌 적들을 쓸어보고 있었다.

그와 시선을 마주치는 이들은 하나같이 공포에 질려 있었다. 그건 그들이 목격한 한 가지 장면 때문이었다.

전투가 끝나갈 무렵 이자담 등이 이끄는 결사대에 의해 운중각까지 밀려난 군중은 검노가 이원로의 일인인 곤지룡을 비롯해 삼뇌를 철구로 쳐 죽이는 광경을 목격했다.

그 아래에는 철수신룡을 비롯해 전쟁의 신 노룡, 일, 이, 삼 공자가 처참한 모습으로 죽어 있었다. 이는 사실 살극달이 운중각을 나가면서 뒤처리를 부탁했고, 이미 회생이 불가능했던 사람들을 검노가 처리한 것이다.

하지만 전후 사정을 모르는 군중은 이 모든 것이 검노의 소행이라고 단정 지었다. 그럴 만도 한 것이, 검노가 자하부를 가로지르는 동안 보여준 무공은 그들로선 한 번도 견식한 적이 없을 만큼 가공한 것이었다.

결국 살겁은 살극달이 열고 애꿎은 검노가 홀딱 뒤집어쓴 셈인데, 정작 검노 자신은 그 사실을 전혀 알지 못했다.

검노는 두려움에 떠는 포로들을 쓸어보며 그 옛날 일만 마병을 호령하며 대륙을 질타할 때처럼 한껏 기분을 내고 있었다.

그때 사람들이 술렁거리기 시작했다.

멸천구관에서 돌아오자마자 자하부를 돌볼 겨를도 없이 살극달을 이끌고 자미원으로 사라졌던 독고설란이 조빙빙과 장자이를 이끌고 모습을 드러냈기 때문이다.

독고설란은 이자담을 비롯한 거사의 주역들이 모여 있는 곳에 와서 걸음을 멈추었다. 이자담은 신색을 바로 한 후 독고설란에게 다가가 공손히 포권을 했다.

"신 이자담, 부주를 뵙습니다."

"부주를 뵙습니다."

이자담에 이어 개비수 등이 복창하며 예를 갖췄다. 그들로서는 자하부에서 쫓겨난 이후 근 반년 만에 독고설란과 조우

하는 것이었다.

감개무량한 표정의 독고설란은 피로 물든 이자담의 손을 힘껏 잡으며 말했다.

"노야, 이렇게 다시 뵙는군요."

"그간 강녕하셨습니까?"

"노야께 뭐라 사과를 드려야 할지 모르겠어요. 제가 부족하여 그렇게 쫓겨나시는 걸 보면서도 지켜 드리질 못했습니다."

"무슨 그런 황송한 말씀을. 부주를 홀로 두고 떠난 소신이야말로 죄인입니다. 죽어서 뇌정신군을 어찌 뵐까 했는데, 이렇듯 강녕하신 걸 보니 이제야 마음이 놓입니다."

비록 수문각주의 직위를 끝으로 파문을 당했지만 이자담은 자하부의 엄연한 개파공신이었다. 뇌정신군의 총애를 받았던 그는 독고설란이 태어나기 전부터 수문각주 직을 맡았다.

덕분에 독고설란이 커가는 모습을 줄곧 지켜보았다. 걸음마를 배우던 시절은 물론 뇌정신군으로부터 검을 하사받아 진정한 무인이 되는 시절까지.

후손이 없었던 이자담에게 그가 존경해 마지않는 주공의 여식인 독고설란은 각별하게 다가올 수밖에 없었다. 독고설란 역시 그 마음을 너무나 잘 알고 있었다.

"자하부는 노야께서 보여주신 충정을 잊지 않을 거예요."

독고설란은 이어 이자담의 후방을 지키고 있는 결사대의 고수들을 향해서도 말했다.

"그건 여러분께도 마찬가지입니다."

개비수를 비롯한 결사대의 고수들이 황송한 듯 고개를 숙였다.

대충 상황이 정리되자 궁즉통이 다가와 말했다.

"사로잡은 역도들의 숫자가 너무나 많습니다. 저들 모두를 죽일 수도 없거니와 설혹 죽여 버린다면 자하부는 그야말로 텅 비어버리게 될 것입니다. 그렇다고 파문을 할 수도 없습니다. 죄악이 분명한 자들을 단지 파문하는 선에서 그친다면 선례로 남을 것이기에 그렇습니다."

"그건 천천히 생각해 보도록 하죠."

"황송한 말씀입니다만, 이런 종류의 일은 길게 끌고 가시면 안 됩니다. 모두가 보는 앞에서 상벌을 분명히 해 부주의 권위를 보이십시오. 그리고 한시바삐 자하부의 안정을 꾀하셔야 합니다."

독고설란은 당황했다.

이런 상황을 예견하지 못한 것은 아니지만 막연하게 생각하던 것과 현실로 닥쳤을 때 느끼는 충격은 그 무게가 달랐다. 한데 궁즉통의 말은 그게 끝이 아니었다.

"그리고 그보다 더 시급한 일이 있습니다."

말과 함께 궁즉통이 좌방으로 시선을 주었다.

태사의에 앉아 있는 검노의 앞에 대여섯 명의 무인이 밧줄에 묶인 채 나란히 무릎을 꿇고 있었다.

격전의 흔적이 고스란히 남은 모습으로 고개를 떨어뜨리고 있는 그들은 광동진가의 고수들이었다. 막수혼의 초빙을 받아 철수신룡과 함께 자하부로 온 자들 중 일부가 생존한 채로 사로잡힌 것이다.

한데 그들 중 한 사람만은 고개를 빳빳하게 쳐들고 독고설란을 잡아먹을 듯 노려보았다.

그는 독고설란이 익히 아는 인물이었다.

권룡(拳龍) 신세기. 광동진가의 육공자로 죽은 철수신룡이 세 번째 부인에게서 얻은 혈육이다.

호부 밑에 견자 없다고, 진세기 역시 약관을 넘기기도 전에 권룡이라는 별호까지 얻은 무림의 촉망받는 후기지수였다.

독고설란은 눈앞이 캄캄해졌다.

진세기의 아비인 철수신룡은 이미 싸늘한 주검으로 변해 버렸다. 다른 누구도 아닌 광동진가의 가주다. 가주가 죽었는데 어느 가문이 죽은 듯이 있겠는가. 광동진가가 이번 사태에 대해 단단히 따지고 들 것은 자명한 일이었다.

게다가 광동진가는 자하부로부터 겨우 사흘의 거리에 있

다. 자하부가 내전의 후유증을 회복하기도 전에 광동진가와 전쟁을 벌여야 할지도 모르는 것이다.

이런 사정을 알기에 궁즉통도 그처럼 서둘렀던 것이다. 지금은 승자의 감상에 젖어 호사를 누릴 때가 아니었다.

상황이 어려울수록 독고설란은 살극달이 간절했다. 그라면 이 난관을 헤쳐갈 수 있을지 모르기 때문이었다.

그때 독고설란의 눈에 검노가 들어왔다.

그러고 보니 운중각의 전투에서 처음 검노를 보았고, 멸천구관의 동혈에서 두 번째로 보았지만 아직 제대로 인사조차 나누지 못한 터였다.

"무림 말학 독고설란입니다. 경황 중이라 여러모로 비례를 저질렀습니다. 노선배께서는 부디 넓은 아량으로 헤아려 주시기 바랍니다."

독고설란이 검노에게 다가가 정중한 포권지례를 올렸다. 조빙빙이 일절 말을 해주지 않았기 때문에 괴노인 검노의 내력에 대해서는 알지 못한다.

하지만 일견하기에도 무림의 까마득한 선배인데다 자하부를 탈환하는 데 막대한 공을 세운 터라 독고설란으로서는 부주의 지위를 앞세워 함부로 대접할 위인이 아니었다.

검노는 흡족한 표정으로 고개를 끄덕인 후 쇠사슬이 찰그랑거리는 손으로 수염을 쓰다듬으면서 말했다.

"자네가 나를 보고도 두 번이나 그냥 넘어갔지만, 본좌는 그런 걸 마음에 두고 있을 만큼 속 좁은 사람이 아닐세."

검노는 너무나 천연덕스럽게 하대를 했다.

이자담은 속으로 발끈했다.

제아무리 무림의 노선배라고는 하나 상대는 자하부의 수장이다. 지금은 무림의 선후배가 모이는 자리도 아닐 터, 자하부의 가솔들이 모두 지켜보는 가운데서 이렇게 함부로 하대할 수는 없는 노릇이었다.

그러나 그럼에도 불구하고 이자담은 화를 속으로만 억누를 수밖에 없었다. 검노의 무공이 측량할 수 없을 만큼 대단한 탓도 있지만, 그보다는 그가 자하부를 탈환하는 데 가장 큰 공을 세운 일등공신이라는 것을 부정할 수 없기 때문이있다. 단언하건대 검노가 없었다면 이번 거사는 절대로 성공하지 못했을 것이다

"살극달은 좀 어떤가?"

검노가 물었다.

"아직 의식이 돌아오지 않았습니다. 요가 흠뻑 젖도록 검은 땀이 흐르는 걸로 보아 독무로 말미암은 내상이 작지 않은 것 같습니다. 이상한 것은……."

"이상한 것은?"

"진맥하는 의원마다 두 손을 들어버리는 통에 무얼 어찌해

볼 방도가 없다는 것입니다. 이유를 물어보니 그의 맥은 사람의 것이 아니라는군요."

"사람의 것이 아니면 무어란 말입니까?"

이자담이 호기심을 참지 못하고 끼어들었다.

독고설란이 이자담을 돌아보며 말했다.

"의원들도 모르겠답니다. 그저 사람이라면 이런 맥이 뛸 수 없다는 말만 되풀이하고 있습니다. 제가 단전이라도 데워볼까 해서 용천혈에 장심을 가져다 댔지만 갑자기 반탄되어 오는 미증유의 힘을 느끼고 황급히 손을 뗐습니다."

"당최 뭐가 어떻게 되어가는 건지⋯⋯."

"당연하지. 놈은 사람이 아니니까."

검노가 대수롭지 않은 듯 말했다.

사람들의 뜨뜻미지근한 시선이 일시에 몰리자 검노는 뒤늦게 자신의 실책을 깨닫고는 황급히 화제를 돌렸다.

"그나저나 그 동혈 아래에 있는 독무 말이야. 그게 그렇게 위험한 건가?"

"위험한 정도가 아닙니다. 노선배께서는 내공이 워낙 정순한데다 아주 잠깐만 노출되었기에 망정이지 조금만 더 지체되었다면 내장이 곤죽이 되어 흘렀을 겁니다."

"고, 곤죽?"

"늪이 썩으면서 내뿜는 일종의 기체라고 막연히 짐작은 하는데, 정확히 그것이 어떤 종류의 독인지, 인체에 어떻게 작용을 하는지 아는 사람이 없습니다. 들어가 보질 않았으니까요. 다만 처음 멸천구관을 만들 당시 십지신수 여일몽이라는 기인이 밧줄에 돼지 한 마리를 묶어 아래로 내려 보낸 적이 있다더군요."

"그래서?"

"일각이 지난 후 밧줄을 다시 끌어올려 보았더니 돼지는 마치 수년 전에 죽어 부패한 것처럼 곤죽이 되어 흘렀다고 합니다."

"일종의 부시독(腐屍毒)이란 말이로군."

"그런 것 같습니다. 노선배께서는 혹여 무슨 방도라도 있으신지요?"

검노는 즉답을 피한 채 눈을 감고 생각에 잠겼다. 독고설란을 비롯해 장내에 모인 사람들은 긴장된 표정으로 검노의 입을 주시했다.

검노는 불가사의한 무력을 지닌 노강호, 그라면 치료의 실마리를 알 수 있을지도 모르기 때문이다.

하지만 잠시 후 검노의 입에서 흘러나온 말은 사람들의 기대를 무참히 짓밟는 것이었다.

"없네."

좌중에 싸늘한 침묵이 흘렀다.

검노를 통해 무언가 희망의 싹을 보고자 했던 독고설란은 애간장이 탔다. 슬쩍 눈을 뜨고 곁눈질을 하던 검노는 자신을 향해 쏟아지는 사람들의 뜨거운 시선을 느꼈는지 설명을 덧붙였다.

"숨을 쉬는 한 부시독은 피할 수 없고, 일단 흡입을 하게 되면 내공으로도 다스릴 수 없지. 벌써 반나절이 지났으니 창자가 한 줌이나 남아 있으려나 모르겠군."

"무슨 그런 말씀을……!"

이자담이 낮지만 힘있는 소리로 말했다.

"사람은 언젠가 죽는 법. 어차피 보내야 할 사람이라면 고이 보내주게나. 그게 남은 사람들의 몫이지. 그래도 마음이 허하다면 명년 오늘쯤에 놈이 생전에 좋아하던 음식을 차려놓고 제나 정성들여 올려주든지……."

지나치게 앞선 검노의 말에 사람들은 기겁을 했다. 생사를 오가는 싸움을 하고는 있지만 살극달은 엄연히 살아 있다.

아직 죽지도 않은 사람을 죽은 사람 취급하는 검노를 보며 사람들은 너나 할 것이 주먹 쥔 손을 부르르 떨었다.

조빙빙은 그러려니 했다.

다른 사람들에 비하면 비교적 오랫동안 검노를 알아온 조빙빙은 속에 있는 생각을 거침없이 표현하는 검노의 평소 성정을 알기 때문이었다. 일생을 누구의 눈치도 보지 않고 살아

온 검노이기에 어쩌면 당연한 것일지도 모른다.

이런 사정을 알 리 없는 독고설란, 이자담, 궁즉통, 매상옥 등은 불현듯 치밀어 오르는 노기를 가까스로 억누르고 있었다. 대적하기에는 검노의 무공이 너무나 강하고 성격 또한 종 잡을 수 없이 괴팍한데다 공이 크기 때문이었다.

그러나 사람에 따라서는 상대의 무공과 상관없이, 혹은 내가 지닌 힘과 상관없이 참을성이 적은 부류가 있었다.

이를테면 장자이가 그랬다.

"그가 아니었으면 노선배는 벌써 죽었을 거예요."

"내가 아니었으면 그 녀석이 먼저 죽었다."

"그와 어떤 사이인지는 모르지만 그래도 같은 편이 되어 싸웠는데, 엄연히 살아 있는 사람을 두고 제사를 지내라는 건 너무한 거 아니에요?"

검노가 돌연 눈을 사납게 치켜뜨며 장자이를 노려보았다. 장자이는 두려움에 마른침을 꼴딱 삼키면서도 한편으로는 검 파에 손을 가져갔다.

여차하면 사생결단을 내리려는 거다.

주변에 사람들이 많으니 자신이 검노의 철구에 맞아 죽는 것을 가만히 두고 보기야 하겠는가.

과연 장자이의 생각처럼 이자담과 궁즉통이 불쾌하기 짝이 없다는 얼굴을 하고 있었다.

좌중의 분위기를 읽었음인지 검노는 짐짓 애석하다는 듯 눈을 내리깔고는 슬그머니 돌아앉았다. 그러고는 허공을 올려다보며 '무정한 녀석 같으니라고'를 연발하며 혀를 끌끌 찼다.

　그러다 천천히 시선을 내리던 순간, 검노의 눈동자가 화등잔만 하게 커졌다.

　사람들은 저도 모르게 검노의 시선이 향한 곳으로 고개를 돌렸다. 그리고 하마터면 비명을 지를 뻔했다. 살극달이 태연한 모습으로 연무장을 가로질러 오고 있는 게 아닌가.

第三章

자하부를 평정하다

살극달의 모습은 남루하기 이를 데 없었다.

비단 장포는 아니어도 단정했던 마의는 불똥이라도 뒤집어쓴 것처럼 구멍이 숭숭 뚫렸고, 옷 밖으로 드러난 팔뚝이며 가슴 등은 홍시처럼 발갛게 익어 있었다.

독무로 말미암은 상처였다.

하지만 모든 것을 녹여 버린다는 부시독에 당한 부상치고는 너무나 멀쩡했기에 사람들의 놀라움은 클 수밖에 없었다.

모두의 놀라움을 뒤로한 채 살극달은 검노 앞에서 걸음을 멈췄다. 좀 전까지만 해도 태사의에 방만한 자세로 앉아 연무장을 쏠어보던 검노는 어느새 발딱 일어나 가자미눈을 뜨고 있었다.

"어떻게… 살아났지?"

"내가 죽기라도 바랐소?"

"무슨 그런 섭섭한 말을……."

"그건 어디서 가져온 거요?"

살극달이 검노의 엉덩이 아래에 있는 태사의를 가리키며 물었다.

"운중각인지 뭔지 하는 곳에서 주웠다."

"그 의자의 주인은 따로 있소."

"안 그래도 일어나려고 그랬어."

검노가 아쉬워 죽겠다는 얼굴로 슬그머니 옆으로 비켜났다.

살극달은 검노의 앞에 한 손을 불쑥 내밀었다.

검노는 살극달의 손과 얼굴을 번갈아 보며 물었다.

"어쩌라고?"

"나한테 줄 게 있잖소."

철구와 쇠사슬을 연결하라고 준 고리를 다시 내놓으라는 소리다.

"아, 그렇잖아도 말을 하려고 했는데."

말과 함께 검노가 왼손을 쑥 들어 보였다.

손목에 묶어둔 쇠사슬은 주르륵 흘러내리다가 그의 발목 어림에서 뚝 끊어져 있었다.

"보시다시피 잃어버렸네. 혼전 중에 어디로 빠져 버린 듯한데, 도통 찾을 수가 있어야지."

하지만 살극달은 여전히 손을 거두지 않았다.

"믿기 어렵다는 거 잘 알아. 하지만 틀림없는 사실일세. 상황이 참으로 절묘하게 되어버렸지만 그런 일이 발생하지 말라는 법도 없잖은가."

"그래요?"

"그렇다니까."

"한데 오른팔은 부상을 입으신 겝니까?"

"부상이라니?"

"아까부터 옆구리에 착 붙어서 꿈쩍을 하지 않기에 묻는 거외다."

검노의 얼굴이 갑자기 딱딱해졌다.

살극달은 무심한 표정으로 가만히 응시하기만 했다. 한동안 살극달을 노려보던 검노는 마치 이 모든 게 장난이었다는 듯 대소를 터뜨렸다.

"하하하. 역시 속지 않는구먼."

말과 함께 검노가 오른쪽 팔을 살짝 들었다. 그러자 겨드랑이 사이에서 손바닥만 한 고리 하나가 뚝 떨어졌다.

애초 살극달이 등장하는 순간 검노는 뒤늦게 고리가 생각이 났고, 재빨리 고리를 빼서 급한 대로 겨드랑이 사이에 숨겨두었던 것이다.

살극달은 고리를 빼앗듯 낚아채서 품속에 갈무리한 다음 떨떠름한 표정의 검노를 뒤로하고 독고설란을 향해 다가갔다. 그리고 공손히 포권을 했다.

"늦어서 죄송합니다."

"대체 어떻게 된 거예요?"

독고설란이 격정 어린 목소리로 물었다.

"제게 몇 가지 잔재주가 있는데 다행히 그것이 통했습니다."

무언가 사정이 있는 듯했지만 독고설란은 묻지 않았다. 살극달이 자세히 말하고 싶어하지 않는다는 것을 느낀 까닭이었다.

살극달은 고개를 돌려 조빙빙을 바라보았다.

멸천구관에서 부상당한 모습을 마지막으로 보았으니 상태가 어떤지를 묻는 시선이었다. 조빙빙이 두 손을 마주 잡고는 살며시 미소를 지어 보임으로써 자신은 무사하다는 시늉을 했다.

대충 인사가 끝나자 독고설란이 살극달의 손을 잡아끌었다.

"마침 잘 왔어요. 그렇잖아도 의논할 게 한두 가지가 아니었는데, 여기서 이럴 게 아니라 자미원으로 자리를 옮겨서⋯⋯."

"아닙니다."

살극달은 잡아끄는 독고설란의 손을 슬며시 밀어냈다. 그리고 말을 이었다.

"지금 이 자리에서 결정을 하셔야 합니다."

"간단한 문제가 아니에요."

"하지만 하셔야 합니다. 또한 그건 오직 부주께서만이 하실 수 있습니다."

독고설란은 사뭇 난감한 얼굴이 되어 살극달을 바라보았다. 사로잡은 포로가 천여 명에 육박하고, 그들 중에는 상당한 실력을 지닌 고수들이 대거 포함되어 있다. 무엇보다 광동진가의 고수들을 처리하는 것은 난제 중의 난제였다.

자하부의 운명을 결정지을 수도 있는 이 중대한 사안들을 살극달은 지금 이 자리에서 결정을 해야 한다고 한다.

그것도 자신이 직접.

살극달이 자리를 털고 일어나기만 하면 모든 것이 일사천리로 해결될 것이라 믿었던 독고설란은 오히려 더욱더 혼란스러워졌다.

"제가 어떻게 하면 되죠?"

"사자는 양의 의견에 귀를 기울이지 않는 법입니다."

"무슨 말씀이죠?"

"지금은 다른 사람의 말을 들을 때가 아니라 부주께서 홀로 권위를 세우셔야 할 때입니다. 모든 것을 저의 조언에 따라 결정한다면 사람들은 부주가 아니라 저를 두려워할 것입니다."

독고설란은 고개를 돌려 연무장에 모여 있는 사람들을 바라보았다. 확실히 달라져 있었다. 살극달이 등장하는 순간 그들은 경외로운 존재를 대하듯 오직 살극달만 바라보고 있었다.

누구로부터 어떻게 전해졌는지 모르지만 사람들은 이제 살극달이 죽은 혈기대주의 의형이며 이 모든 일의 시작임을 알고 있었다.

어느 날 갑자기 자하부에 나타나 모두가 돌보지 않는 독고설란의 편이 되어 결사대를 조직하고, 거사를 도모했으며, 노룡이 가짜라는 걸 밝혀내 마침내는 역도들을 모두 몰아내고 독고설란을 다시 태사의에 앉힌 사내.

지닌바 무공이 어떠한지는 모르지만 지력만큼은 대단한 것이다.

그건 이자담과 궁즉통 등도 마찬가지였다.

처음 거사를 도모한다고 했을 때만 해도 살극달의 능력에 대해 반신반의했던 두 사람은 이제 살극달이 거대한 산악처럼 느껴졌다.

"부주, 태사의에 앉으십시오."

당황한 얼굴로 서 있는 독고설란의 귓속으로 살극달의 온화한 음성이 파고들었다.

독고설란은 살극달을 비롯해 이자담, 궁즉통 등을 차례로 일별한 후 천천히 태사의에 앉았다.

독고설란이 자리에 앉자 살극달이 그녀의 오른편에 시립했다. 살극달의 의중을 알아차린 조빙빙이 살극달의 곁으로 다가와 섰다.

두 사람이 잠깐 시선을 나누며 의미있는 미소를 지었다. 살극달로선 처음 보는 조빙빙의 미소였다.

그사이 이자담과 궁즉통이 앞서 살극달이 그랬던 것처럼 독고설란의 왼편으로 가서 시립했다.

장자이와 매상옥은 행여 자하부의 일에 엮이기라도 할세라 슬그머니 장내를 벗어나 저만치 거리를 두고 섰다.

두 사람이 빠져 버리자 대충 섞여 있던 검노가 홀로 남게 되었다. 그는 아직도 태사의에 미련이 남았는지 독고설란의 앞쪽에서 멀뚱멀뚱한 얼굴로 서 있었다.

"이리로 오든가, 아니면 물러나든가."

살극달이 말했다.

"본좌는 아무나 부릴 수 있는 사람이 아니다."

말과 함께 검노는 장자이, 매상옥의 곁으로 가 섬으로써 자하부와의 거리를 분명히 했다. 어느 한 문파에 소속된다는 것은 그만한 의무를 동반하는 법이었고, 이들 세 사람은 그게 체질에 맞지 않았다.

이렇게 해서 태사의에 앉은 독고설란을 중심으로 앞쪽에는 일천의 포로와 백여 명의 아군이 포진하고, 양옆에는 살극달을 포함해 이번 거사의 주역인 이자담, 궁즉통, 조빙빙이 시립하게 되었다.

장내가 정리되자 살극달은 오직 독고설란만 들을 수 있도록 낮은 음성으로 말했다.

"먼저 힘을 보여주십시오. 다음에 마음으로 굴복시키십시오."

살극달의 말은 그게 전부였다.

독고설란은 먹먹한 눈이 되어 고개를 옆으로 돌려 살극달을 바라보았다.

잊고 있었는데, 그녀가 살극달을 알게 된 건 불과 열흘이 채 안 되었다. 그 짧은 시간 동안 한 사람을 완전히 안다는 것은 불가능한 일이었다.

하지만 독고설란은 살극달을 전적으로 신뢰하고 의지하는 자신을 발견했다.

그만은 내 편이라는 무한한 신뢰와 누군가로부터 보호받고 있다는 안정감에 취해 정작 이 모든 일을 해결할 사람도, 책임을 질 사람도 자신이라는 것을 잠시 잊은 것 같았다.

살극달은 그걸 가르쳐 주려는 것이다.

"노대야."

독고설란은 이자담을 조용히 불렀다.

"하명하십시오."

이자담이 옆으로 돌아서며 더없이 공손한 태도로 허리를 숙였다.

"철기대주 이정갑과 혈랑대주 표길량을 끌어내세요."

독고설란의 의중을 알 수 없었던 이자담은 한순간 눈매를 좁혔다. 하지만 곧 두 손을 모으며 연무장에 모인 모두가 들을 수 있도록 우렁찬 음성으로 대답했다.

"존명!"

이자담은 이어 개비수를 돌아보며 말했다.

"간악한 배덕자들을 끌어내라!"

"존명!"

개비수 역시 이자담만큼이나 큰 목소리로 화답한 후 석두호, 고엽충 등과 함께 포로들의 진영 속으로 뛰어들었다. 그러곤 이정갑과 표길량을 거칠게 끌어내 독고설란의 앞에 무릎을 꿇렸다.

이정갑과 표길량은 여기저기 검상을 입어 처참한 모습이었지만 눈빛만큼은 펄펄 살아서 독고설란을 잡아먹을 듯 노려보고 있었다.

독고설란은 굳고 단단한 표정으로 두 사람을 바라보며 말했다.

"불사이군(不事二君), 충직한 수하는 두 명의 주군을 섬기지 않는다고 했다. 하지만 그대들은 자하부의 명을 받드는 대주로서 감히 주군을 배신하고 새로운 주군을 옹립하려 했다. 나는 일문의 수장으로서 그대들의 죄를 결코 묵과할 수 없다."

독고설란은 잠시 사이를 두었다가 이자담을 향해 단호한 음성으로 말했다.

"자하부의 가규에 따라 배덕자들의 목을 치시오!"

"존명!"

이미 예상을 하고 있었던 듯 이자담은 한 치의 망설임도 없이 포권지례를 했다. 그는 숙였던 고개를 천천히 들자마자 멀지 않은 곳에서 대기하고 있던 석두호와 고엽충에게 고개를 끄덕였다.

두 사람이 고개를 끄덕인 후 칼을 힘차게 뽑아 허공으로 치켜들었다.

쩌엉!

도신이 햇빛을 받아 번뜩인다 싶은 순간 아래로 뚝 떨어졌다.

좌악! 좌악!

살을 자르고 뼈를 가르는 서늘한 음향이 장내에 울렸다. 그와 동시에 핏물을 허공에 뿌리며 두 개의 목이 떨어졌다. 잠깐의 사이를 두고 목 잃은 몸뚱어리 두 개가 앞으로 털썩 쓰러졌다.

장내가 서리를 맞은 것처럼 싸늘해졌다.

어떤 식으로든 징치가 가해질 거라는 걸 알았지만 독고설란이 이처럼 과감하게 나올 줄 몰랐던 사람들은 크게 술렁였다.

숨 막힐 듯한 침묵의 여운이 가시기도 전에 독고설란의 말이 재우쳐 이어졌다.

"반역에 앞장섰던 철기대와 혈랑대, 그리고 흑풍대의 생존자들을 모두 끌어내세요."

"존명!"

이자담의 우렁찬 대답이 이어졌다.

잠시 후, 개비수를 비롯한 결사대의 고수 모두가 포로의 진영 속으로 뛰어들어 생존한 삼 대의 고수들을 모조리 끌어냈다. 그 숫자가 대략 삼십여 명. 삼백에 달하던 무인들이 순식간에 십분지 일로 줄어버린 것이다.

앞서 자신들의 대주가 처참하게 죽는 모습을 지켜본 그들은 사색이 되어 있었다. 공포에 질린 그들을 향해 독고설란의 벼락같은 한마디가 떨어졌다.

"목을 베세요."

"존명!"

독고설란의 명령이 떨어지기가 무섭게 이자담이 결사대를 향해 신호를 주었다. 대기하고 있던 결사대의 고수들이 끌려나온 자들의 목을 하나씩 쳐갔다.

"으악!"

"커억!"

처참한 비명이 연속적으로 울려 퍼지는 가운데 순식간에 삼십여 개의 목이 바닥으로 떨어져 굴렀다. 하지만 독고설란의 명령은 아직 끝난 게 아니었다.

"육당의 당주들과 사십구각의 각주 중 반역에 가담했던 자들을 모두 끌어내세요."

육당사십구각은 자하부를 떠받치는 기둥들이었다. 그중 오각의 각주들을 제외하고는 모두가 반역의 무리에 가담했다. 독고설란은 바로 그곳의 주인들을 불러내라고 한 것이다.

"존명!"

이자담은 이번에도 역시 우렁차게 대답했다.

일은 일사천리로 이어져 개비수를 포함한 결사대가 다시

한 번 포로의 진영 속으로 뛰어들었다.

하지만 이번에는 앞서와 다른 양상이 펼쳐졌다.

죽음을 예감한 육당사십구각의 생존자들이 두 팔을 뒤로 묶인 채로 도주를 시작했던 것이다. 한 방향으로 달리면 추격이 집중될 것을 염려한 그들은 파편처럼 사방으로 흩어졌다.

그 순간, 장창 한 자루가 허공을 날아가 백호당주의 등을 정확히 꿰뚫었다. 등을 관통당한 채로 그 자리에 우뚝 선 한 사람의 신형이 천천히 쓰러졌다.

어느새 그의 뒤편으로 떨어져 내린 이자담이 장창을 뽑아 들고는 우렁우렁한 사자후를 토해냈다.

"도주하는 자, 한 놈도 남기지 말고 쳐 죽여라!"

그때부터 일대 장관이 펼쳐졌다.

결사대의 고수 삼십여 명이 도망자들을 빗살처럼 추격해 가서는 그 자리에서 목을 쳐버린 것이다. 도망자들은 단 한 명도 연무장을 벗어나지 못하고 처참한 죽음을 맞이했다.

장내가 차갑게 가라앉았다.

유약하기만 하던 독고설란에게 이런 독심이 있는 줄 몰랐던 포로들은 그야말로 사시나무 떨 듯 떨었다. 앞선 자들의 죽음이 자신들에게도 이어지지 않겠는가.

철수신룡을 따라왔다가 졸지에 포로가 되어버린 광동진가 고수들의 얼굴에도 예외없이 죽음의 그늘이 드리워졌다.

제 손발이나 다름없는 식솔들을 서슴없이 제거하는 독고설란이 외인이면서 자하부의 전복을 꾀했던 광동진가의 고수들을 살려둘 리 만무하다.

그때 독고설란이 이자담에게 또다시 명령을 내렸다.

"노대야, 마차를 하나 준비해 주세요. 그리고 진 가주의 주검을 이리로 모셔오세요."

독고설란의 명령을 얼른 이해하지 못한 이자담은 잠시 의아한 표정을 지었다. 하지만 이내 개비수에게 명령을 하달했고, 몇몇 수하들이 어디론가 달려갔다.

잠시 후, 마차 한 대가 도착했고 뒤를 이어 거적을 덮은 철수신룡의 주검이 당도했다. 철수신룡의 주검을 목격한 진세기와 광동진가의 고수들은 참담하기 이를 데 없는 얼굴이 되었다.

"주검을 마차에 실으세요."

독고설란이 명령했다.

도무지 그녀의 의중을 알 수 없는 가운데 개비수 등이 명령을 시행했다. 독고설란은 이어 명령했다.

"광동진가의 고수들을 모두 풀어주세요."

이자담과 궁즉통의 두 눈이 튀어나올 듯 커졌다.

광동진가의 보복이 우려되는 상황에서 대책도 없이 저들을 풀어줘 버리는 것은 포로를 인질로 삼을 수 있다는 강력한 패를 포기하는 것이나 마찬가지였다.

만약의 경우 저들을 인질로 억류한 상태에서 광동진가에 자하부를 전복시키려 한 것에 대한 책임을 묻고, 그 반대급부로 철수신룡의 죽음에 대해 그 어떤 책임도 묻지 않겠다는 선에서 협상을 벌일 수도 있지 않은가.

그러기 위해선 진세기를 반드시 억류시켜 놓아야 했다. 한데 독고설란은 그 어떤 약속도 없이 무조건 풀어주라고 한다.

"부주, 다시 한 번 고려하심이……."

아무래도 마음이 놓이지 않았던 이자담이 독고설란을 만류했다. 하지만 독고설란의 의지는 분명했다.

"풀어주세요."

궁즉통과 이자담은 서로를 보며 난색을 표했다. 하지만 만인이 지켜보는 앞에서 그렇잖아도 통치력을 의심받는 부주의 명을 거역할 수도 없는 노릇이었다.

두 사람은 약속이나 한 듯 살극달에게로 시선을 주었다. 정말 그래도 되겠느냐는 뜻이었다.

살극달이 미세하게 고개를 끄덕였다.

일단은 부주의 말대로 따르라는 뜻이었다.

"그리하겠습니다."

이자담은 독고설란을 향해 낮은 목소리로 대답한 후 개비수에게 부주의 명령을 하달했다. 개비수를 비롯한 몇 명의 고수가 걸어나가 광동진가의 고수들을 풀어주었다.

포박에서 풀려나자 진세기는 마차에 실린 아비의 주검 곁으로 달려갔다. 싸늘하게 식은 철수신룡의 주검을 살피던 진세기는 오열을 가까스로 삼키고는 독기 어린 시선으로 독고설란을 노려보았다.

"내 아버지를 죽인 흉수가 누군가?"

"예를 갖춰라!"

이자담이 노해 소리쳤다.

"내 아버지를 죽인 흉수가 누구냐!"

"이런 호로……!"

진세기의 거침없는 언사에 이자담이 은창을 집어 들고 나섰다. 당장에라도 쳐 죽일 듯한 기세로 다가선 그는 진세기를 향해 진노한 음성으로 경고했다.

"네 앞에 있는 분은 내가 주군으로 모시는 자하부의 부주시다! 어디 광동진가의 육공자 따위가 감히 하대를 하는 것이냐? 다시 한 번 그 주둥아리를 함부로 놀린다면 내 이 자리에서 네놈의 배를 뚫어주겠다! 내 말 명심하렷다!"

"그대들에겐 부주일지 모르나 내겐 여전히 자하부의 사공녀다."

진세기는 당장 죽어도 상관없다는 듯 고개를 빳빳이 들고 이자담을 노려보았다.

"네놈이 아무래도 내 말을 뒷구녕으로 들은 모양인 게로구나. 오냐, 소원대로 해주마."

눈썹을 사납게 꺾으며 은창을 집어 드는 이자담을 향해 독고설란이 외쳤다.

"노대야, 물러나세요!"

"하지만 부주."

"물러나세요."

이자담은 진세기와 독고설란을 번갈아 보더니 입맛을 쓰게 다시며 천천히 물러났다.

진세기를 향한 독고설란의 말이 이어졌다.

"진 가주의 죽음에 대해 자하부는 조의를 표합니다. 하지만 이 일은 진 가주께서 자초한 것, 자하부는 그의 죽음에 아무런 책임이 없음을 분명히 밝혀두겠어요."

"광동진가의 가주가 자하부에서 죽었다. 자하부는 운중각에서 벌어진 일에 대해 소상히 설명하고, 광동진가의 가주를 죽인 흉수를 분명하고도 확실하게 밝혀야 할 것이다."

진세기의 음성이 한층 커졌다.

독고설란은 한 치의 흔들림도 없이 착 가라앉은 음성으로 말을 이어나갔다.

"차후 광동진가가 이 일을 문제 삼는다면 자하부는 그날로 광동진가를 주적으로 선포, 감히 본 파의 수장을 살해하려 한 책임까지 물어 사생결단을 내겠어요. 내 말은 여기까지입니다. 이제 세가로 돌아가세요."

진세기는 어금니를 빠드득 갈았지만 더는 따지고 들지 못했다. 아버지의 죽음과는 별개로 사리를 따지고 들자면 광동진가는 분명 강호의 도의를 벗어나 남의 문파의 내정에 간섭한 것이 맞다.

철수신룡이라고 어찌 그걸 몰랐겠는가.

하지만 이천풍이 전쟁의 신 노룡을 손에 넣었다. 그가 자하부를 장악한다면 남무림이 통째로 자하부에 떨어지는 건 시간문제였다. 그렇기에 삼뇌가 손을 내밀어왔을 때 비난을 무릅쓰고서라도 무리한 행보를 했던 것이다.

"광동진가는 가주를 잃었다. 그대가 그 어떤 명분을 붙여도 광동진가의 가주가 자하부에서 목숨을 잃었다는 사실만큼은 변하지 않는다. 그리고 광동진가는 자하부와 불구대천의 원수가 되는 것을 두려워하지 않을 것이다."

진세기는 냉기를 폴폴 흘리고는 세가의 고수들과 함께 아비의 주검을 이끌고 사라졌다.

광동진가의 고수들이 사라지고 나자 이자담이 독고설란의 곁으로 다가갔다. 그는 근심이 가득한 얼굴로 말했다.

"죄송합니다. 무슨 일이 있어도 철수신룡의 목숨만큼은 빼앗지 말았어야 했는데……."

"그가 죽지 않았다면 내가 죽었겠죠."

"……?"

"노대야께서는 철수신룡이 진정 막수혼의 순수한 조력자가 되어줄 생각으로 왔다고 생각하세요?"

"그럴 리가요. 그 늙은이는 분명 점차적으로 막수혼을 막후에서 조종하다가 결국엔 자하부를 삼켜 버렸을 겁니다."

"제 생각도 그래요. 하니 철수신룡이 자하부에 나타나는 순간 이 모든 건 이미 예정되어 있던 일이에요."

"하면 이제 어찌하실 작정입니까?"

"우선은 갈가리 찢어진 자하부를 하나로 결집해야겠죠."

이어 독고설란은 이자담을 향해 아주 뜻밖의 말을 했다.

"포로로 잡힌 사람들을 모두 풀어주세요."

"……?"

이자담은 잠시 꿀 먹은 벙어리가 되었다.

독고설란을 지지하는 것과 그녀를 믿는 것은 별개의 문제다. 그는 독고설란이 당연히 부주의 지위를 승계해야 한다고 생각하지만, 그녀의 능력에 대해서는 전적으로 신뢰하지 못했다.

일문을 이끄는 것은 아무나 할 수 있는 게 아니기 때문이다. 하지만 지금은 믿어야 했다.

"알겠습니다."

이자담의 신호에 따라 결사대가 무려 일천여 명에 달하는 포로의 포박을 모두 풀어주었다. 포로들은 영문을 모른 채 서로를 바라보며 한참을 웅성거렸다. 그러나 어느 순간 모두의 시선이 독고설란을 향했다.

독고설란이 말했다.

"너희는 간악한 배덕자들이다. 세상의 어느 문파든 배덕자를 처리하는 방법은 단 하나다. 그건 숙청이다."

장내에 쥐 죽은 듯한 침묵이 흘렀다.

독고설란의 말이 이어졌다.

"하지만 자하부는 너무나 많은 피를 흘렸다. 그 책임의 절반은 나의 부덕함에서 비롯되었다. 나는 이것을 부정할 만큼 낯이 두껍지 않다. 해서 많은 사람이 내게 한 번의 기회를 더 준 것처럼 나 또한 너희에게 기회를 주고자 한다. 나와 함께 자하부를 재건하고 싶은 자는 남고 나머지는 떠나라. 떠나는 자들에겐 그 어떤 보복도 하지 않을 것임을 부주의 이름으로 약속하겠다."

장내가 크게 술렁였다.

역도들을 모두 처단할 것처럼 서슬을 세우던 그녀가 갑자기 태도를 바꾼 것에 대해 크게 당황한 것이다.

조빙빙, 이자담, 궁즉통 등은 긴장된 모습으로 사람들을 지켜보았다. 군중의 심리란 참으로 묘해서 어느 순간 돌변할지 모르기 때문이었다. 사지가 자유로워진 저들이 동료와 상관의 죽음에 앙심을 품고 갑자기 달려들지도 모르는 것이다.

천만다행으로 그런 일은 벌어지지 않았다.

오히려 우려와 다르게 양상이 전개되었다.

변화의 시작은 한 사람으로부터 시작되었다.

누군가 바닥에 무릎을 털썩 꿇더니 이렇게 말을 한 것이다.

"부주께 충성을 바치겠습니다."

뒤를 이어 여기저기서 무릎을 꿇으며 충성을 맹세하는 사람들이 속출했다. 사람들의 숫자는 점점 늘어났고, 결국엔 슬금슬금 눈치를 보던 사람들까지도 앞다투어 무릎을 꿇었다. 잠시 후엔 서 있는 사람이 단 한 명도 남아 있지 않게 되었다.

잔뜩 긴장해 있던 조빙빙과 이자담 등은 비로소 안도의 한숨을 쉬었다. 더불어 독고설란이 아직 신망을 잃지 않았다는 걸 깨달을 수 있었다.

많은 사람이 죽었지만, 그건 어쩔 수 없는 선택이었다. 처음부터 희생을 피할 수 없는 상황에서 독고설란은 과감한 결단을 통해 사분오열로 쓰러져 가던 자하부를 재건할 기틀을 마련했다. 사람들은 독고설란의 모습에서 새로운 희망을 보았다.

하지만 희망보다는 걱정이 앞선 사람도 있었다.

"광동진가는 이 일을 결코 그냥 넘어가지 않을 겁니다."

사람들이 함성을 지르는 사이 궁즉통이 혼잣말처럼 중얼거렸다. 사실은 곁에 나란히 서 있는 살극달에게 하는 말이었다.

"그렇겠지요."

살극달이 말했다.

"지금 광동진가와 전쟁을 벌이면 자하부는 멸문지화를 당할 겁니다."

"방도를 찾아야 하오."

"방도가 있습니까?"

궁즉통이 반색을 하며 살극달을 향해 돌아섰다.

"주공을 대신해 손에 피를 묻히는 것이 수하 된 도리외다."

"그 말씀은……."

살극달은 천천히 궁즉통에게로 돌아섰다.

그리고 침잠한 표정으로 말을 이었다.

"이만한 문파를 이끌면서 모든 일을 양지에서만 처리할 수는 없소. 뜬구름 같은 이상과 시궁창 같은 현실의 거리가 얼마나 먼지 궁 전주께서는 잘 아시지요?"

"무슨 말씀인지는 알겠으나 방법이 없잖습니까?"

"아니요. 분명히 있소."

"당최 무슨 말씀인지……?"

"아무리 많은 병졸을 죽인들 적장을 잡지 않으면 전쟁은 끝나지 않소. 반대로 적장을 잡으면 싸우지 않고도 이길 수 있소."

그런 평범한 이치를 궁즉통이라고 모르지 않았다. 지금 이 시점에서 광동진가를 적으로 가정한다면 적장은 당연히 철수신룡이 된다.

하지만 그는 이미 죽지 않았는가.

바로 그 이유 때문에 촉발될 전쟁인데 다시 적장을 잡으라니. 혹시 철수신룡이 죽은 후 새롭게 가주가 될 사람을 말하는 걸까?

누가 가주가 될지 모르지만 그를 옭아맬 수만 있다면 불가능한 얘기는 아니었다. 하지만 어떻게 그를 옭아맨다는 말인가. 또한 누가 가주가 될 줄 알고.

궁즉통의 이런 생각을 읽기라도 했는지 살극달이 나직한 목소리로 중얼거렸다.

"병졸의 운명은 어떤 장수를 만나느냐에 달렸소. 장수란 모름지기 열 수 앞을 내다보아야 하는 법, 필요에 따라서는 상황을 내게 맞도록 바꿀 수도 있어야 하오."

궁즉통은 선사로부터 화두를 받은 학승처럼 생각에 잠겼다. 한참을 생각하던 그가 돌연 눈빛을 빛내더니 경이로운 눈빛으로 살극달을 바라보았다.

"과연……!"

살극달이 가볍게 미소를 지었다.

궁즉통은 재빨리 결사대의 몇 명을 향해 턱짓을 했다. 그러곤 흥분한 사람들을 뒤로하고 조용히 장내를 빠져나갔다.

뒤를 이어 외팔이 개비수, 단순무식의 전범 석두호, 털북숭이 역사 천인강, 산발의 개백정 고엽충, 미공자 여인옥 등이 차례로 사라졌다.

第四章
궁즉통의 잔꾀

귀양부를 막 벗어난 진세기는 숲길을 걷고 있었다. 길은 한
적했다. 광동까지는 성을 가로지르는 관도가 있었지만 그는
굳이 인적이 드문 길을 택했다.

광동진가주의 주검을 모시고 가는 지금 자하부에 포로로
잡혔다가 비참한 몰골로 돌아가는 자신들의 모습을 세인들에
게 들키고 싶지 않아서였다.

하지만 그의 그런 바람은 숲으로 들어선 지 채 일다경이 안
되어 무참히 깨졌다. 길 한복판에 톱날이 숭숭 달린 거치도를
든 사내가 버티고 서 있었기 때문이다.

진세기는 그를 알고 있었다.

한 자루 거치도를 귀신처럼 휘두른다는 놈은 한때 자하부의 주작당주 직을 지낸 석두호였다. 본래의 이름은 이만호이지만 워낙 단순무식한 성정 탓에 누군가 이름 앞에 석두라는 말을 붙이기 시작했고, 결국에는 돌대가리 이만호라는 뜻의 석두호가 되었다던가.

갑작스러운 석두호의 등장에 광동진가의 고수 다섯 명이 진세기를 에워쌌다.

애초에 철수신룡은 진세기를 제외하고도 십 인의 고수들을 이끌고 자하부로 왔다.

달리 은형십위(隱形+衛)라고도 부르는 그들은 철수신룡이 외부의 일을 처리할 때 항시 대동하는 호위이자 비밀을 공유하는 수족이었다.

그 하나하나가 일류의 검술을 지녔음은 물론 주군에 대한 충성심 또한 대단했다.

하지만 지금은 은형(隱形)이라는 말이 무색할 만큼 몸 곳곳에 크고 작은 검상을 아로새겼고, 마음은 만신창이가 되어 있었다.

"또 보는구려, 진 공자."

석두호가 능글맞게 말했다.

"무슨 짓이지?"

진세기가 침잠한 음성으로 물었다.

"무슨 짓? 난 아무 짓도 안 했소만."

석두호가 영문을 모르겠다는 얼굴로 두 팔을 들어 보였다.

정상적인 대화를 할 생각이 없는 것이다.

이런 경우 말을 섞어봐야 모욕만 당할 것이다. 진세기는 더는 대화를 섞지 않고 좌우의 숲을 유심히 훑었다. 지금 이곳에 석두호라는 인간이 갑자기 나타날 이유도 없거니와, 설혹 나타난다고 해도 혼자일 리가 없다.

과연 그의 예상은 적중했다.

숲 속으로부터 일단의 무리가 등장해 철수신룡의 주검을 실은 마차를 에워쌌다. 외팔이 검객, 털북숭이 거한, 산발의 사내, 미공자 등이었다.

그중 외팔이 검객을 제외하고는 대부분 일면식이 있었다. 그들은 뇌정신군이 살아 있을 당시 자하부의 요직을 차지하고 있던 고수들이고, 광동진가의 육공자였던 진세기는 음으로 양으로 그들의 신상을 파악하고 있었다.

그건 마지막으로 나타난 궁즉통 역시 마찬가지였다. 비록 그 지위는 낮지만 자하부를 움직이는 일곱 개의 손 중 하나인 실력자를 어찌 모르겠는가.

"실례가 많소이다."

무리의 앞으로 나선 궁즉통이 공손하게 두 손을 모았다.

"독고설란이 보냈나?"

진세기가 물었다.

"타인을 존중해야 자신도 존중을 받는 법이외다. 하물며 광동진가의 육공자씩이나 되시는 분이 어찌 타 문파의 수장을 함부로 부르시는 게요."

"주접떨지 말고 용건이나 말하라. 그 계집이 날 죽이라고 하더냐?"

"정히 그러시다면 용건은 이거요."

말과 함께 궁즉통이 한 걸음 물러났다.

그가 물러난 자리를 외팔이 검객이 채웠다.

그는 진세기에게서 시선을 떼지 않은 채 주변의 동료들을 향해 으르렁거렸다.

"진 공자는 내 몫이다. 끼어드는 놈은 죽을 줄 알아."

"시건방진 놈!"

잠시 포로로 잡혔어도 진세기는 광동진가의 적자다. 어렸을 적부터 권장공을 익힌 그는 이런 모욕을 당하고도 참을 만큼 약하지 않았다.

진세기는 상대가 범상치 않은 기세를 지닌 검수임을 감안, 강철로 만든 수투를 꺼내 양손에 착용했다.

칙칙한 먹빛 수투를 착용하자 조금 전만 해도 빈틈투성이였던 그의 전신에 막강한 보호막이 펼쳐진 것 같았다.

"타앗!"

진세기가 신형을 쏘았다.

외팔이 검객도 검을 뽑아 들었다.

순식간에 거리를 좁힌 진세기는 자신을 향해 쏟아지는 검신을 모조리 튕겨냈다.

까강깡깡!

검과 수투가 격돌하며 불꽃이 사방으로 튀었다. 이어지는 반격에선 광동진가의 육공자답게 진세기가 한 박자 빨랐다. 진세기는 부서지는 불꽃 사이를 파고들며 질풍과도 같은 장권을 연속적으로 뻗었다.

뻥뻥뻥!

외팔이 검객의 코앞에서 요란한 폭음이 연이어 울렸다. 찰나의 순간 외팔이 검객이 고개를 꺾지 않았다면 안면이 터져 나갔으리라.

경시하는 마음이 싹 가진 외팔이 검객은 황급히 검을 회수하는 한편 연거푸 뒷걸음을 치기 바빴다. 진세기는 거리를 주지 않고 계속해서 따라붙으며 장권을 뻗었다.

뻥뻥 소리가 요란한 가운데 계속해서 물러나기만 하던 외팔이 검객의 신형이 한순간 중심을 잃고 비틀거렸다.

찰나의 순간을 놓치지 않고 파고든 진세기의 주먹이 외팔이 검객의 하복부를 파고들었다.

"읍!"

짧은 신음과 함께 외팔이 검객의 상체가 새우처럼 구부러졌다. 하지만 진세기는 묵직한 타격감을 느끼지 못했다. 상대가 상체를 숙이는 동작으로 충격을 흡수한 것이다.

"주먹이 맵소."

외팔이 검객이 씩 웃으며 말했다.

그 순간 진세기는 무언가 잘못되었다는 것을 깨달았다.

진세기는 몰랐지만 외팔이 검객은 개비수였다. 뇌정신군이 살아 있을 당시 비각의 각주였던 그는 외부에 얼굴이 잘 알려지지 않은 그림자 같은 존재였다.

당연히 진세기는 개비수의 진면목을 몰랐고, 상대를 알아보지 못한 실수에 대한 대가는 컸다.

진세기를 경동시켜 이제는 다섯만 남은 은형오위의 검진으로부터 빼내는 데 성공한 개비수는 벼락처럼 솟구치며 검을 휘둘렀다.

스캉!

날카로운 파공성과 함께 진세기의 상박에 대각선의 혈선이 생겨났다. 상황은 순식간에 반전되어 대경실색한 진세기가 황급히 뒷걸음질을 쳤다. 하지만 개비수에게는 진세기에게 없는 노련함이 있었다.

격보(擊步)!

바닥을 짧게 박차며 솟구친 개비수는 흡사 허공답보를 연상시키는 신법을 펼치는 한편, 허둥지둥 물러나는 진세기의 가슴을 연타로 가격했다.

퍽퍽 소리가 요란한 가운데 진세기는 급박한 국면을 맞이하고 있었다.

개비수가 진세기를 상대하는 동안 석두호는 한 자루 거치도를 질풍처럼 휘두르며 적진 속을 내달리고 있었다. 단순무식의 전범답게 그는 생각보다는 말이 앞서고, 말보다는 칼이 먼저 나가는 사람이었다.

앞뒤를 재지 않고 날뛰는 석두호의 행보에 은형오위가 펼치는 검진은 순식간에 깨져 버렸다. 그렇게 깨어진 검진 속으로 털북숭이 역사 천인강과 산발의 개백정 고엽충, 미공자 여인옥 등이 뛰어들어 적들과 백병전을 벌였다.

장병과 단병이 거칠게 부딪치고 날카로운 금속성이 숲을 뒤흔들었다. 부상을 입은 상태라고는 하나 은형오위의 무공은 결코 가볍지 않았다. 좀처럼 끝날 것 같지 않은 팽팽한 접전이 이어지는 가운데 궁즉통이 방점을 찍는 일수를 보탰다.

피피피피핑!

강철을 갈아 만든 산판알 십여 개가 콩 볶는 소리를 내며 은형오위를 향해 날아갔다.

십여 장 밖의 송판을 꿰뚫는 궁즉통의 성명절기 십조유성탄이었다. 대성을 이루면 일 조 각 열 개씩, 도합 백 개의 산판알이 각기 다른 방향으로 날아가 적진을 초토화하지만 궁즉통은 십여 개를 튕겨내는 게 한계였다. 그러나 팽팽한 접전을 무너뜨리기에는 충분했다.

"억!"

찢어지는 비명과 함께 은형오위 중 한 명이 석두호의 거치도를 얼굴에 맞고 쓰러졌다. 톱날이 얼굴을 발랐으니 어떻게 되었을지는 보지 않아도 알 수 있었다.

거의 동시에 멀지 않은 곳에서는 고엽충의 엽도(獵刀)가 또 한 명의 두개골을 쪼개갔다.

"컥!"

균형은 순식간에 무너졌다.

남은 사람은 이제 셋. 그때부턴 일방적인 도륙이 시작되었다. 석두호, 천인강, 고엽충, 여인옥의 파상적인 공세 앞에 생존한 세 명의 신형이 걸레로 변하는 데는 채 반 각이 걸리지 않았다.

그때쯤엔 진세기와 개비수의 접전도 끝나가고 있었다. 무림의 격언 중에 병기가 한 치가 길면 한 자가 유리하다는 말이 있다. 하물며 맨손인 사람과 병기를 쥔 사람의 격차는 얼마나 크겠는가.

하지만 무림의 그런 일반적인 상식이 통하지 않는 자들이 존재한다. 권장공으로 일가를 이룬 희대의 권사들이 그렇다.

호부 밑에 견자가 없다고, 아비 철수신룡의 진신절학을 그대로 이어받은 진세기는 역시 만만치 않았다.

개비수는 몇 번이나 반전의 기회를 맞았지만 그것을 승리로 이끌지 못했다. 위기의 순간마다 진세기는 도저히 그럴 수 없을 것 같은 움직임으로 검로에서 벗어나는 한편 정체를 알 수 없는 괴공절초를 구사, 개비수를 그야말로 죽음 직전까지 몰아넣기도 했다.

"제기랄, 꼭 살려놓아야 하오?"

개비수가 신경질적으로 소리쳤다.

사실 개비수가 이토록 쩔쩔매는 데는 어떤 경우라도 진세기의 목숨을 취하지 말라는 궁즉통의 엄명 때문이었다.

개비수는 전력을 다하지 않은 것이다.

뒤늦게 상황을 알아차린 진세기의 얼굴이 붉으락푸르락해졌다.

그 순간, 강철 산판알 다섯 개가 허공을 날았다.

피피피피핑!

대경실색한 진세기가 황급히 왼손의 방향을 꺾어 산판알들을 잡아챘다. 그 찰나의 틈을 파고든 개비수가 진세기의 왼쪽 어깨에 검을 박아 넣었다.

"헉!"

외마디 비명이 울리기가 무섭게 개비수는 진세기가 권장을 펼칠 수 없도록 상체를 바짝 붙이고 그대로 밀어붙여 버렸다.

"으아아악!"

괴성과도 같은 고함과 함께 진세기를 밀어붙인 개비수는 어깨를 관통한 검이 마차에 박히는 순간, 무릎으로 진세기의 옆구리를 난타해 늑골을 부숴 버렸다.

'퍽퍽' 소리가 요란한 가운데 꼿꼿하던 진세기의 상체가 조금씩 무너져 갔다. 잠시 후, 진세기가 더는 항거 불능의 상태가 된 걸 확인한 개비수가 재빨리 떨어져 나갔다. 혹여 진세기가 수투 낀 손으로 권장을 떨칠까 염려한 탓이었다.

"어린 노무 새끼가 더럽게 끈질기네."

일다경이 넘는 접전 동안 대여섯 군데를 맞은 개비수가 쓴물을 토해내며 말했다. 내색은 않지만 적잖은 내상도 입은 터였다.

검에 꽂힌 채 마차에 달라붙은 진세기는 처참한 몰골로 축늘어져 있었다. 어깨에 박힌 검을 뽑을 여력도 남아 있지 않왔던 것이다. 하지만 용의 후예답게 눈빛만은 여전히 살아 있었다.

궁즉통이 초주검이 된 진세기에게 다가갔다.

"수하들을 모두 죽인 건 입을 막기 위해서였소. 양해를 바라오."

"무슨… 개수작이냐?"

진세기가 피를 흘리며 물었다.

"본 문의 부주께서도 말씀하셨지만 자하부는 진 가주의 죽음에 책임이 없소. 굳이 책임을 묻자면 오성군 사이에 벌어진 암투의 결과라고 할 수 있지. 진 가주 역시 그 진흙탕에 한 발을 담갔고, 그건 누가 봐도 진 가주가 자초한 일이오."

"말하고자 하는 게… 무엇이냐?"

"진 가주께서 서거하셨으니 광동진가는 새로운 가주를 맞이해야겠군요."

"그게… 무슨?"

"자하부는 육공자를 지지하는 바이오. 금력이면 금력, 무력이면 무력, 어떤 것이든 육공자께서 필요하다면 힘을 보태줄 용의가 있소."

"지금 내게 아비를 팔아 가주가 되란 말인가!"

진세기가 눈썹을 바르르 떨며 소리쳤다.

"진 공자, 현실을 똑바로 보시오. 뇌정신군 사후 자하부에 어떤 일이 일어났는지 진 공자도 똑똑히 보았지요? 진 공자에게 야망이 없다면 모르나 그렇지 않다면 앞으로 한 달이 진 공자의 운명을 좌우할 거라는 데 내 목을 걸 수 있소."

궁즉통이 이런 말을 하는 데는 그만한 이유가 있었다.

철수신룡 진자양은 뛰어난 무재와 가문 비전의 권장공을 바탕으로 남무림의 최강의 권사가 되었다. 하지만 그에게도 없는 것이 있었으니, 그건 가문의 부흥을 위한 경제력과 정치적인 세력의 기반이 그것이었다.

철수신룡은 이를 극복하기 위해 광동의 유력한 무림세가들과 정략적인 결혼을 했고, 나섯 명의 부인과 열두 명의 아들을 두었다.

진세기는 그중 세 번째 부인에게서 얻은 여섯 번째 아들로 명석한 두뇌와 뛰어난 무재, 그리고 막강한 가문의 배경까지 있었다.

그런 이유로 여섯 번째 아들이면서도 유력한 차기 가주로 거론되었다. 철수신룡이 자하부로 걸음을 하면서 진세기를 대동한 것 또한 그런 분위기의 연장이었다.

하지만 철수신룡이 죽어버린 지금 나머지 열한 명의 형제는 아비의 죽음에 대한 책임을 진세기에게 물을 것이고, 진세기는 큰 난관에 봉착하게 될 것이다.

궁즉통은 바로 그 지점을 파고들었다.

그러나 제아무리 권력 구도에 눈이 멀어도 적의 면전에서 자신들의 치부를 드러낼 만큼 진세기는 어리석지 않았다.

"파렴치한 인간들! 아버지의 주검 앞에서 권력 싸움을 할 만큼 우리 광동진가의 형제들은 썩지 않았다!"

"흥. 그런 파렴치한 짓에 제 아비가 끼어들었다가 죽었다는 것을 알아야지! 남이 하면 파렴치하고 제가 하면 정의라도 행사하는 줄 아나 보지? 정말이지 어이가 없어서 더는 못 들어주겠군."

석두호가 버럭 소리를 지르며 끼어들었다.

진세기가 석두호를 향해 눈알을 부라렸다.

이렇게 사로잡힌 상황이 아니라면 자하부의 가솔 따위가 광동진가의 육공자에게 이토록 막말을 할 수는 없는 노릇이었다.

진세기가 어금니를 빠드득 가는 사이 궁즉통이 말했다. 차갑게 가라앉은 목소리였다.

"자하부는 광동진가와 평화롭게 지내길 원하오."

"그러기엔 이미 늦었다. 세상의 그 어느 가문도 가주를 죽인 자들과 한 하늘을 이고 살지 않는다."

"진 공자라면 하실 수 있을 거라 믿소."

"자하부를 치는 데 내가 가장 앞장서 주마!"

"아니요. 진 공자는 반드시 광동진가를 설득시킬 것이오. 그래야 하고, 또 그럴 수 있을 것이오."

"무슨… 수작이지?"

진세기가 눈매를 좁히며 물었다.

궁즉통은 상대하기가 쉬운 인물이 아니다.

오히려 아주 까다로운 인물이다. 일개 만물전의 전주인 그가 자하부를 움직이는 일곱 개의 손 중 하나로 불리는 것만으로도 짐작할 수 있었다. 그런 인물이 저렇게 단호한 태도로 말을 할 때는 무언가 다른 복안이 있는 것이다.

그 순간 궁즉통이 좌우를 돌아보며 눈짓을 했다. 석두호를 비롯해 천인강과 고엽충 등이 달려들어 진세기의 사지를 붙들었다.

"이게 무슨 짓이야!"

놀란 진세기가 고함을 지르며 발작적으로 몸을 틀었다. 하지만 네 명의 고수가 찍어 누르는 힘을 당할 수는 없었다.

태산에 깔린 듯한 압박감에 진세기가 당황하는 사이 미공자 여인옥이 작은 목갑을 들고 다가왔다.

"잘 잡으라고. 딱 한 마리 남았어. 자칫 엉뚱한 곳으로 들어가 버리면 말짱 도루묵이야."

"흰소리 말고 빨리 집어넣기나 해."

석두호가 진세기의 팔을 비틀며 버럭 소리쳤다.

여인옥이 목갑을 열자 축축하게 젖은 검은 두꺼비 한 마리가 나타났다.

나흘마!

고독의 숙주로 사용하는 남만의 흑두꺼비였다.

적들의 의도를 알아차린 진세기는 압박에서 벗어나기 위해 미친 듯이 몸부림쳤다.

"쳐 죽일 놈들! 나를 중독시키고도 무사할 줄 아느냐!"

"꽉 잡으라니까!"

여인옥이 버럭 소리쳤다.

그 순간, 개비수가 그때까지 진세기의 어깨에 박혀 있던 검을 쑥 뽑더니 그의 목젖을 겨누었다. 이어 서늘한 목소리로 경고했다.

"고독은 어차피 주입될 것이오. 계속해서 움직이겠다면 팔다리 중 하나를 잃을 각오를 하셔야 할 거요. 병신도 가주는 될 수 있으니까."

진세기는 온몸을 사시나무처럼 떨며 개비수를 노려보았다. 그사이 여인옥은 진세기의 하복부에 일권을 내질러 입을 벌리게 만든 다음 나흘마를 벌어진 입속에 박아 넣었다.

꾸르륵.

갑작스러운 압력에 나흘마가 괴이한 소리를 내며 밖으로 나온 두 다리를 버둥거렸다. 그 상태에서 여인옥은 나흘마의 울퉁불퉁한 등에 난 돌기 하나를 살짝 잘라낸 다음 뜻 모를 주문을 중얼거렸다.

잠시 후 잘려 나간 돌기에서 개미처럼 작고 검은 벌레 하나가 꾸물꾸물 기어나왔다. 빛에 노출된 벌레는 어두운 곳을 찾아 진세기의 콧구멍 속으로 순식간에 사라져 버렸다.

때를 맞춰 개비수가 검을 거두며 물러났고, 석두호 등이 압박을 풀어주었다.

"으아아아악!"

압박에서 풀려나자마자 진세기는 제 머리를 붙잡고 바닥을 구르며 괴성을 질렀다. 고충(蠱蟲)이 후막을 뚫고 나흘마의 등과 가장 흡사한 서식 조건인 뇌로 침투하는 과정에서 오는 극통 때문이었다.

그 과정에서도 여인옥의 주문은 계속되었다.

진세기의 뇌로 침투한 자고가 자리를 잡도록 유도를 해주는 한편, 자고와 격리를 느낀 모고가 화를 내지 않도록 달래줘야 하기 때문이었다.

사람에게 고독을 주입하는 과정 중에서 지금이 가장 위험하고 중요했다. 자칫 화가 난 모고가 독액을 쏟아내면서 죽어

버리기라도 하면, 모고의 죽음을 느낀 자고 역시 독액을 쏟으
며 죽고, 자고가 죽으면 숙주인 진세기 역시 경련을 일으키며
죽어버리기 때문이었다.

진세기의 발작은 반 각이나 계속되었다.

다행히 자고는 안정적으로 자리를 잡았고, 진세기 역시 발
작을 멈추었다. 백척간두의 싸움을 치른 사람처럼 숨을 헐떡
거리는 진세기를 향해 궁즉통이 말했다.

"여러 말 않겠소. 진 공자가 가진 모든 역량을 동원해 광동
진가를 장악하시오. 아울러 자하부를 향해 그 어떤 종류의 도
발이라도 할 시엔 진 공자의 목숨을 보장할 수 없소. 모고가
우리의 수중에 있다는 것을 명심하시오."

말을 끝낸 궁즉통이 좌우를 돌아보며 말했다.

"가자."

궁즉통이 사람들을 이끌고 사라지자 길 한복판엔 진세기
만 홀로 남게 되었다. 진세기는 분노와 모멸감에 온몸을 사시
나무처럼 떨었다.

그는 살아남기 위해 광동진가를 장악해야 하고, 자하부를
상대로 복수하려는 형제들을 설득해야 한다. 그동안 착실히
다져놓은 기반과 외가의 배경을 동원하면 그건 어려운 일이
아니다.

정작 중요한 문제는 그다음이었다.

그가 가주로 있는 한 광동진가는 자하부를 향해 그 어떤 요구도 할 수 없다. 반면 자하부가, 정확히 말하면 궁즉통이 요구하는 것은 그 어떤 것이라도 들어주어야 한다. 광동진가가 자하부의 수족으로 전락해 버리는 것이다.

"빌어먹을!"

*　　　*　　　*

달빛 아래에 세 명의 사내가 서 있었다.

첫 번째 사내는 횃불을 들었고, 두 번째 사내는 뒷짐을 지며 서 있었고, 세 번째 사내는 괭이를 든 채 두 사내를 바라보고 있었다.

횃불을 든 첫 번째 사내 궁즉통이 말했다.

"무슨 이유에선지 모르겠지만, 사람들에겐 비밀로 해주시오. 제아무리 역도라고는 하나 그는 한때 자하부의 대공자였소."

"알겠소."

두 번째 사내 살극달이 대답했다.

궁즉통이 세 번째 사내 매상옥을 돌아보며 고개를 끄덕였다.

"시작하게."

"아닌 밤중에 이게 무슨 짓인지 모르겠군."

말은 그렇게 했지만 매상옥은 발치의 무덤을 향해 힘차게 곡괭이질을 했다. 주변엔 만든 지 채 하루가 지나지 않은 무덤 수백 기가 널브러져 있었다.

하루 전 있었던 자하부의 혈사에서 죽은 사람들이 묻혀 있는 공동묘지인 탓이었다. 다져지지 않은 탓에 무덤을 파헤치는 것은 오래 걸리지 않았다. 이윽고 관이 나왔고, 궁즉통이 횃불을 비춰주는 사이 매상옥이 뚜껑을 열었다.

광목을 휘감은 주검 하나가 모습을 드러냈다.

매상옥은 익숙한 동작으로 광목을 풀기 시작했다. 잠시 후, 창백한 얼굴의 시체가 모습을 드러냈다. 머지않아 목과 가슴, 배가 횃불 아래에 차례로 드러나기 시작했다.

주검의 주인은 이천풍이었다.

죽기 직전에 치른 격전의 치열함을 말해주듯 이천풍의 주검은 참혹하기 이를 데 없었다.

언제나 단정하게 상투를 틀었던 머리카락은 밑동이 잘려나가 산발이 따로 없고, 피가 빠져나간 몸은 보기만 해도 한기가 피어올랐다.

결정적으로 시체 특유의 경직된 몸은 그가 이미 이 세상 사람이 아니라는 것을 확실하고도 섬뜩하게 보여주고 있었다.

그리고 쩍 벌어진 가슴이 있었다.

엽사담의 일검에 당해 만들어진 낙뢰흔이었다.

궁즉통은 만감이 교차했다.

살아 있을 때는 저렇게 흉악한 놈이 없다 싶었는데 저처럼 처참하게 죽은 모습을 보자니 자하부가 처한 현실과 함께 모든 것이 부질없다는 생각마저 들었다.

"피가 빠져서 그런지 혈색은 좋군."

으스스한 분위기를 달래려고 그랬는지 매상옥이 뜬금없이 농을 했다. 궁즉통이 눈알을 부라리자 매상옥은 콧방귀를 뀌어주고는 옆으로 물러났다. 궁즉통이든 뭐든 매상옥은 어디까지나 자하부의 식객일 뿐 수하가 아닌 것이다.

살극달은 궁즉통으로 하여금 횃불을 기울게 한 후 이천풍의 가슴에 새겨진 낙뢰흔을 살폈다. 손으로 상처를 벌리자 보도(寶刀)에 당한 것처럼 매끈하게 잘려 나간 상처의 단면이 보였다.

살극달은 비수를 뽑아 들고는 갈라진 틈으로 넣어 살을 마저 척척 발라냈다.

"지, 지금 뭐하는 거요!"

궁즉통이 대경실색하여 외쳤다.

살극달은 궁즉통의 반응을 외면하며 묵묵히 살점을 발라갔다. 이윽고 칼이 갈비뼈까지 닿았을 때 살극달은 회를 뜨듯

밑살을 발라낸 후 이천풍의 가슴을 활짝 열었다.

"우웩!"

구역질을 참지 못한 궁즉통이 횃불도 내팽개친 채 입을 틀어막고 달아나 버렸다. 칼로 사람을 죽이는 것과 죽은 사람을 이처럼 해부하는 건 또 다른 문제였다.

"쯧쯧쯧. 실없는 노인네 같으니라고."

매상옥이 혀를 끌끌 차고는 땅에 떨어진 횃불을 집어 들어 살극달에게 비춰주었다. 그리고 살극달의 얼굴을 유심히 살폈다. 뼈에 새겨진 검흔을 발견하는 순간 살극달의 눈동자에 기광이 맺혔기 때문이다.

"대체 왜 그러시는 겁니까?"

궁금함을 참지 못하고 매상옥이 물었다.

"이상해."

"뭐가 말입니까?"

"혈기대주의 가슴에 난 낙뢰흔은 좌수검의 것이었어. 하지만 엽사담은 우수검이야."

"좌수검이라는 걸 숨기려고 그런 게 아닐까요? 왼손잡이들은 보통 사람들과 달리 양손을 쓰는 자도 많다고 들었습니다."

"혼원벽력검은 그런 편법으로 시전할 수 있는 검공이 아니야. 진신의 진력을 모두 쥐어짜야 겨우 벼락의 흔적을 남길 수 있어."

"하면……?"

"범인은 엽사담이 아니야."

第五章

자하부를 떠나다

피의 숙청을 단행한 그날, 독고설란은 자하부의 모든 식솔
이 보는 앞에서 이자담을 원로로 승격시키고 궁즉통을 총관
에 임명했다.

이자담은 죽림의 주인이 되었고, 일개 만물전의 전주였던
궁즉통은 자하부의 살림을 총괄하는 위치에 오르게 된 것이
다.

이자담의 호출을 받고 거사에 가담했던 외팔이 개비수, 단
순무식의 전범 석두호, 털북숭이 역사 천인강, 산발의 개백정
고엽충, 미공자 여인옥은 새롭게 오당의 당주가 되었다.

일단 기틀을 세우자 모든 것이 일사천리로 진행되었다. 궁즉통의 지휘 아래 오당의 당주들은 그 옛날 자하부에서 쫓겨났던 수하들을 모두 불러들이는 한편, 포로 중에서 가담 정도가 낮은 자들을 추려 휘하의 각을 재편했다.

이렇게 해서 자하부가 새롭게 출발하는 데 걸린 날짜는 단 사흘, 독고설란은 자하부를 완벽하게 장악해 버렸다.

그제야 한숨을 돌리게 된 독고설란은 자하부를 탈환하는 데 공을 세운 사람들을 천추루로 불러 조촐하게나마 만찬을 가졌다.

모인 사람들은 원로 이자담, 총관 궁즉통, 오공녀 조빙빙, 식객 매상옥, 장자이, 검노, 그리고 살극달이었다.

"이제 그만 떠날까 합니다."

만찬이 거의 끝나갈 무렵 살극달이 한 말이다.

살극달의 한마디에 독고설란은 정신이 퍼뜩 들었다. 엄밀하게 말해 살극달은 자하부를 구하기 위해 온 것이 아니다. 적들로부터 자신을 지켜주기 위해서도 아니었다.

혈기대주와의 인연으로 잠시 자하부에 머무르긴 했지만, 그의 진짜 목적은 혈기대주를 포함한 하 씨 삼 형제의 복수다. 그가 남만을 나온 것도 그 때문이다.

하지만 지금 그들을 죽인 흉수 엽사담은 버젓이 살아서 도망을 쳤다. 반면 하 씨 삼 형제는 죽었다. 그나마 무덤을 쓴 사람은 혈기대주뿐, 두 사람의 주검은 어디에서 백골로 썩어 가는지조차 모른다.

한편 조빙빙은 문득 자하부로 귀환하는 길에 벽사강 위에서 살극달과 나눴던 대화가 떠올랐다. 그때 그녀는 살극달의 허리에 매달린 죽통을 보고 그게 무엇이냐고 물었었다.

"원일이의 뼛가룹니다."

살극달은 그렇게 말했다.

이어 그는 하소추와 하대광의 주검을 마저 찾아 고향으로 데려갈 거라고 했다. 그들의 주검이 이름 모를 야산에 버려진 걸 알면 의부가 쓸쓸해할 것이라며.

살극달의 허리춤엔 지금도 혈기대주 하원일의 뼛가루가 담긴 죽통이 매달려 있었다. 그는 엽사담을 죽이고 두 사람의 주검을 찾을 때까지 복수를 멈출 생각이 아니었다. 흉수가 명명백백히 밝혀졌으니 이제부터가 진짜 복수행인 것이다.

놀란 것은 독고설란과 조빙빙뿐만이 아니었다.

비로소 상황을 제대로 인식한 이자담, 궁즉통은 더는 살극달을 붙잡고 있을 명분을 찾지 못했다.

자하부가 아직 이전의 힘을 회복하지 못한 상태에서 살극달이라는 강력한 힘이 그 어느 때보다 필요했던 두 사람은 참담한 표정으로 고개를 떨어뜨릴 수밖에 없었다.

장내가 찬물을 끼얹은 듯 고요해졌다.

잠시 침묵이 흐른 후에 독고설란이 물었다.

"언제 가실 건가요?"

"마지막 식사를 하러 온 겁니다."

장내에 좀 전보다 긴 침묵이 흘렀다.

그가 떠나야겠다고 결정을 했다면 그렇게 될 것이다. 그가 자하부의 그늘에 있었으면 하는 것은 사람들의 욕심일 뿐, 그가 가겠다면 붙잡을 수 없는 것이다.

긴 침묵의 끝에 이자담이 자리에서 일어났다.

그는 살극달을 향해 더없이 공손한 태도로 포권을 하며 말했다.

"자하부는 귀하가 보여준 호의를 잊지 않을 거요. 언제 어디서든 한 팔이 필요하거든 주저없이 연통을 주시오. 내 천리 길도 마다치 않고 달려가리다."

"왜 갑자기 공대를 하는 겁니까?"

"내가 사람을 잘못 봤소. 단순히 혈기 방장한 젊은이라는 생각에 함부로 하대를 했지만, 이제라도 귀하가 범접할 수 없는 고인이라는 것을 깨달았으니 정정을 하는 것이 도리가 아니겠소. 실로 부끄럽소이다."

"부주를 부탁합니다."

살극달이 빙그레 웃으며 말했다.

"그야 당연한 것 아니겠소. 목숨을 바쳐 부주를 보필할 것이니 은인께서는 염려 놓으시오."

이자담이 굳은 표정으로 두 주먹을 흔들어 보이는 사이 궁즉통이 몸을 일으켰다. 그 역시 이자담처럼 지극히 공손한 태도로 포권을 했다.

"이 노야가 모든 말을 해버려 난 달리 드릴 말씀이 없군요. 그래도 혹시 재물이 필요한 때가 있거든 연통을 주시오."

"부주께 허락도 받지 않고 그래도 되는 거요?"

"잘 아시잖소. 난 눈먼 돈을 만드는 재주가 제법 출중하다오."

궁즉통의 농담에 사람들이 가볍게 웃음을 터뜨렸다. 그 웃음이 잦아들기를 기다려 궁즉통은 정색을 하고 말했다.

"전날 흑림에서 내게 했던 말을 기억하시오?"

"……?"

"그때 귀하는 내가 지닌 재주를 합법적으로 마음껏 펼칠 수 있게 해주겠다고 하셨소. 결국 귀하는 약속을 지켰소. 이제 내가 어떻게 자하부를 일으켜 세우는지를 멀리서나마 똑똑히 지켜봐 주시오."

살극달은 흡족한 마음에 고개를 끄덕였다.

그리고 독고설란을 향해 시선을 돌렸다.

이제 그녀와 인사를 나눌 차례였다.

"모두 잠깐 자리를 비켜줘요."

독고설란의 한마디에 이자담과 궁즉통이 자리에서 일어나 바깥으로 나갔다.

백의 궁장을 한껏 차려입고 우아하게 식사를 하던 장자이도, 그런 장자이를 찢어 죽일 듯 노려보며 술을 홀짝이던 매상옥도, 돼지 뒷다리를 들고 살점을 뜯어 먹던 검노도 마지못한 듯 뒤를 이었다.

"빙빙은 남아."

독고설란이 말했다.

사람들을 따라 바깥으로 나가려던 조빙빙이 걸음을 멈추더니 다시 돌아와 앉았다. 이렇게 해서 천추루에는 독고설란과 살극달, 그리고 조빙빙만 남게 되었다.

잠시 정적이 흐른 후 독고설란이 말했다.

"다시 돌아올 건가요?"

"그럴 일은 없을 것 같습니다."

"그럼 이게 마지막이 되겠군요."

다시 긴 침묵이 흘렀다.

독고설란은 아직도 두려워하고 있었다.

혼자서 이 큰 자하부를 이끌고 나가기에 그녀는 너무나 젊었다. 이자담과 궁즉통이 지난바 각각의 경륜과 재주로 보필한다고는 하지만, 작금의 상황을 놓고 보면 여러모로 혼란스러운 것이 사실이었다.

독고설란은 미리 준비를 해둔 듯 탁자 위에 기다란 무언가를 싼 황금빛 보자기를 올리더니 살극달에게로 밀어놓았다.

살극달은 독고설란을 한 번 바라본 후 천천히 보자기를 풀었다. 매듭을 풀자 검 하나가 모습을 드러냈다.

검갑은 가볍고 튼튼한 물소의 뿔로 만들었고, 검파는 기름 먹인 고래 힘줄을 촘촘하게 감아놓은 데다 손때까지 묻어 반들반들 윤이 났다.

아직 뽑아보진 않았지만 일체의 요란한 장식 없이 오직 검으로서의 필요한 기능만 갖춘 그것은 분명 무수한 실전을 치른 검이었다.

"이게 뭡니까?"

살극달이 물었다.

"사왕검입니다."

"이걸 왜 제게……?"

"천년부호에서 박도를 잃으셨다는 얘길 들었습니다. 저와 자하부를 지켜주신 것에 대해 자그마한 보답이라도 하고 싶습니다."

"사왕검은 자하부의 뿌리. 제겐 과한 물건입니다."

살극달이 사왕검을 다시 독고설란의 앞으로 밀어놓았다. 독고설란은 그걸 다시 살극달의 앞으로 밀어놓으며 말했다.

"부끄럽지만 사왕검은 자하부가 품기엔 과분한 물건입니다. 부디 이 검으로 내 아버지와 혈기대주를 죽인 자들에게 복수를 해주세요."

자신의 복수를 다른 사람에게 부탁하는 것이 못내 부끄러운 듯 독고설란을 고개를 숙였다.

살극달은 독고설란의 말이 가슴 깊은 곳에서 우러나오는 진심임을 알 수 있었다.

그녀의 말처럼 현재의 자하부는 사왕검을 지킬 힘이 없었다. 기물이란 본시 주인이 따로 있는 법, 힘이 없는 자가 지니고 있으면 반드시 피를 부르고 만다.

살극달은 더는 망설이지 않고 검갑을 집은 다음 검파를 잡고 뽑았다.

지이잉!

한줄기 맑은 금속성과 함께 섬뜩한 광채를 뿌리는 잿빛 검신이 모습을 드러냈다. 길이는 오 척에 달하고 폭은 세 치에 달했으며 두께는 원래 지니고 다니던 박도에 육박하는 장검이었다.

사왕검이 종잇장처럼 얇고 바늘 끝처럼 뾰족한 연검(軟劍)이라는 검노의 말과는 전혀 다른 모습이었다. 검노 역시 누군가에게 들은 얘기를 전한 게 분명할 터인데, 이래서 사람의 귀와 입은 믿을 게 못 되는 것이다.

"듣자 하니 사왕검에는 혼원벽력검의 반쪽 구결이 숨겨져 있다고 하더군요."

살극달이 말했다.

그 나머지 반쪽 구결을 회수했느냐고 묻는 것이다.

"당신이 혼원벽력검이라 부르는 그 검공의 반쪽은 사왕검 자체입니다. 사왕검이 지닌 강력한 마성으로 말미암아 미흡했던 혼원벽력검이 완벽해지며 무적의 검공이 되는 것이죠. 제가 익힌 혼원무상신공은 단지 사왕검을 다루기 위해 아버님께서 천하의 검공을 모아 만든 아류일 뿐이에요."

살극달은 크게 놀랐다.

이것 역시 검노의 말과는 전혀 달랐기 때문이다.

'도무지 제대로 아는 게 없군.'

살극달은 고개를 절레절레 흔들고 검을 다시 검갑에 넣었다. 그리고 천천히 자리에서 일어났다.

"잠깐만요."

독고설란이 황급히 일어서며 말했다.

살극달은 독고설란을 가만히 응시했다.

하지만 독고설란은 아무 말도 하지 못했다. 할 말이 없었던 것이다. 살극달이 조금이라도 더 머물러 주길 바라는 마음에서 저도 모르게 나온 실태였다.

살극달이 그런 독고설란을 향해 나지막한 음성으로 말했다.

"지도자의 가장 중요한 덕목이 무엇이라고 생각하십니까?"

"......?"

"지도자의 가장 중요한 덕목은 어떤 경우에도 흔들리지 않는다는 믿음을 주는 것입니다."

독고설란의 눈동자가 별처럼 빛났다.

살극달은 잠시 사이를 두고 말을 이어나갔다.

"한번 입 밖으로 내뱉은 말은 반드시 지키십시오. 그래서 사람들로 하여금 부주께서 하신 말씀은 사소한 것이라도 꼭 그대로 이루어진다는 것을 알게 하십시오."

그 말을 끝으로 살극달은 마주 잡은 두 손을 이마까지 올려 마지막 예를 갖추었다. 그리고 조빙빙을 향해서도 가볍게 포권을 한 후 조용히 천추루를 빠져나갔다.

조빙빙은 무언가 할 말이 있는 듯 입술을 오물거렸지만 끝내 입 밖으로 꺼내지는 못했다. 마치 목에 무언가 걸린 것처럼 소리가 나오질 않았던 것이다.

아마도 독고설란이 곁에 있기 때문일 것이다.

그때쯤 살극달이 나간 천추루의 문이 스르륵 닫혔다. 조빙빙은 조용히 눈을 감아버렸다.

조빙빙은 자신을 붙잡는 바람에 살극달과 마지막 인사도 나누지 못하게 만든 독고설란이 원망스러웠다. 이러면 안 된다는 생각이 들면서도 자꾸만 눈시울이 뜨거워졌다.

천추루에는 이제 독고설란과 조빙빙만 남게 되었다. 잠시 침묵이 흐른 후 독고설란이 말했다.

"내게 말하지 않은 게 있지?"

"……?"

"그가 진짜 노룡이지?"

"그런 것 같아요."

갑작스러운 갈증을 느낀 독고설란은 손을 뻗어 탁자 위에 놓인 술잔을 가져갔다. 죽엽청 한 잔을 단숨에 비우자 그제야 갈증이 가시는 것 같았다.

위기 때마다 살극달이 던져주는 예사롭지 않은 말들과 적을 꿰뚫어 보는 그 놀라운 통찰력에서 그가 범상치 않은 인물일 거라는 생각은 하고 있었다.

그러다 이천풍이 데려온 노룡이 가짜로 밝혀진 후 어쩌면 살극달이 진짜 노룡일지도 모른다는 생각이 든 것이다. 그건 그야말로 육감이었다. 한데 그 예상이 맞아떨어졌다.

독고설란은 충격으로 한동안 할 말을 잃었다.

살극달이 전쟁의 신 노룡이었다니.

혈기대주에게 그런 어마어마한 의형이 있었다니.

하지만 정작 혈기대주는 그 사실을 까맣게 몰랐다. 그걸 알았다면 가짜를 찾겠다며 광동으로 가진 않았을 것이 아닌가. 그리고 죽지도 않았을 것이 아닌가.

여기서 독고설란은 또 다른 의문이 하나 생겼다.

노룡은 대체 누구인가?

의제인 혈기대주에게까지 숨기면서 살아야 했던 노룡의 진짜 신분 말이다. 그가 지닌 그 가공할 무학으로 미루어보자면 무언가 대단한 내력이 있음이 분명했다.

"너는 그의 내력을 알고 있지?"

"네."

"왜 내게 말해주지 않는 거지?"

"말해도 믿지 않으실 거예요."

독고설란이 다시 술잔을 들어 술을 비웠다.

만찬 내내 단 한 모금의 술도 하지 않았던 그녀가 잠깐 사이에 두 잔을 연거푸 들이켜고 있었다.

조빙빙은 독고설란이 무언가 심각한 결정을 하려 한다는 걸 알 수 있었다.

이윽고 독고설란이 입을 열었다.

"그와 함께 떠나."

"……!"

"넌 언제나 그랬지. 알면서도 모른 척, 좋아하면서도 아닌 척. 이제는 그러지 마."

"그게… 무슨?"

"한때는 네가 죽었으면 좋겠다는 생각을 한 적이 있어. 산책을 하고 있는 너를 멀리서 혈기대주가 지켜보는 걸 보았을 때. 그땐 너를 자하부로 데려온 걸 후회했어."

"……!"

"하지만… 하지만 네가 정말로 죽을 상황에 처했다면 난 모든 힘을 동원해 너를 지켜주었을 거야. 믿지 않겠지만……."

"부주……."

*　　　*　　　*

살극달이 천추루를 나왔을 때는 이상한 물건이 하나 놓여 있었다. 바퀴가 달린 태사의였는데, 팔걸이에 대나무 장대 두 개를 길쭉하게 이어 붙여 앞에서 누군가 끌 수 있도록 만들어 놓은 물건이었다.

그렇게 의자도 수레도 아닌 그 물건 위에는 황금빛 비단 장포를 몸에 두른 검노가 방만한 자세로 앉아 있었다.

"어서 출발하자고."

검노가 말했다.

살극달의 시선이 신경 쓰이자 선수를 친 것이다.

호락호락하게 넘어갈 살극달이 아니었다.

"이게 뭡니까?"

"철륜의(鐵輪椅)라는 놈일세. 자네가 곧 자하부를 떠날 거라는 걸 내 짐작하고 지난 사흘 동안 심심파적으로 만들어봤는데. 어때, 잘 만들었지?"

이름처럼 의자의 양쪽에는 정말로 강철 바퀴가 달려 있었다. 철구의 육중한 무게를 고려해 튼튼하게 만들다 보니 그리된 것이리라.

"이름을 묻는 게 아니잖소."

"설마 나더러 이걸 들고 지고 강호를 떠돌라는 말은 아니겠지?"

검노가 자신의 발치에 내려놓은 철구 두 개를 발로 툭 차보이고는 말을 이었다.

"강호를 질타하던 시절 난 언제나 마차를 타거나 종복들이 짊어진 사인교를 탔네. 땅을 직접 밟아본 기억이 별로 없어. 하물며 그때보다 훨씬 늙은 나이에 이백 근에 육박하는 철구를 주렁주렁 달고 천하를 주유할 수는 없지. 안 그런가?"

말인즉슨, 그 옛날 혼세마왕으로 활동하던 때처럼 수레에 앉아 편안하게 가겠다는 뜻이다.

다른 많은 의자를 놔두고 굳이 태사의에 바퀴를 단 것만 봐도 그가 얼마나 과거에 얽매여 있는지 여실히 알 수 있었다.

"그런 거라면 마차를 타고 가도 될 텐데."

"정말 그래도 되나?"

검노가 반색을 하며 몸을 반쯤 일으켰다.

마차를 타고 간다면 금방이라도 철륜의에서 내릴 듯한 기세였다.

"물론 안 되오."

검노는 그럴 줄 알았다는 듯이 다시 털썩 주저앉았다. 그리고 말했다.

"마차를 타면 길로만 가야 하잖나. 그렇다고 철구를 두 개나 든 채 말을 탈 수도 없는 노릇이고. 하지만 이놈은 손바닥만 한 공간만 있어도 어지간한 산비탈 정도는 너끈히 탈 수 있단 말이지."

"끌기는 누가 끌고?"

"저기 있잖은가."

검노가 턱으로 매상옥을 가리켰다.

아까부터 철륜의 옆에서 어정쩡하게 서 있던 매상옥이 민망함에 뒤통수를 벅벅 긁었다.

"네가 이걸 끈다고?"

"그렇게 됐습니다."

"왜?"

"그는 나의 종복이 되었느니라."

검노가 말했다.

"종복이라니, 그건 말이 다르잖습니까?"

매상옥이 발끈하며 나섰다.

"종복이 아니면 뭐란 말이냐?"

"그런 거라면 됐습니다. 난 안 하겠습니다."

"몽도류(夢道流)를 대성하고 싶지 않단 말이지?"

"그, 그건……."

매상옥이 난감한 표정으로 얼버무렸다.

살극달은 그제야 돌아가는 정황을 파악했다.

몽도류는 이백여 년 전 여산법문(廬山法門)의 술자들이 펼쳤던 기문둔갑술(奇門遁甲術)의 일종으로 살수인 매상옥에게는 그야말로 보물과도 같은 무학이다.

매상옥이 처음 자하부에 들어왔을 당시 가수면 상태에서 혼백만 이탈해 자객들의 대화를 엿들은 몽도술 역시 몽도류의 한 가지였다.

어떻게 알았는지 모르지만 검노는 매상옥이 몽도류를 익혔다는 걸 눈치챘고, 벽에 부딪쳐 좀처럼 진전이 없던 매상옥에게 몽도류를 대성하는 데 도움을 주겠다고 한 모양이다. 그 대가로 매상옥은 검노의 수레를 끌어주기로 한 것이고.

매상옥이 바보가 아닌 이상 검노의 말만 믿고 수레를 끌겠
다고 했을 리 없다. 필시 검노가 매상옥의 눈이 홱 돌아갈 만
한 무언가 이적을 선보인 모양인데, 문제는 그렇게 해서 매상
옥까지 함께 가겠다는 것이다.

살극달은 검노를 종복으로 거느리고, 검노는 다시 매상옥
을 종복으로 거느리면 이놈의 족보가 도대체 어떻게 되는 건
가.

살극달은 갑자기 골치가 아파왔다.

한데 골칫거리는 그게 끝이 아니었다.

어디선가 또각또각 말발굽 소리가 들리더니 이번엔 장자
이가 나타났다. 티 한 점 없이 깨끗한 백마를 타고 등장한 그
녀는 어느새 완숙한 여인으로 얼굴을 바꾼데다가 백의 궁장
으로 한껏 멋까지 낸 상태였다. 그 모습이 마치 고귀한 집안
의 여인이 여행을 떠나는 듯한 차림이었다.

"넌 뭐야?"

"저도 따라갈래요."

"넌 또 왜?"

"편하게 여행하고 싶지 않으세요?"

"무슨 소리야?"

"원행을 떠나다 보면 돈 쓸 일이 많을 거예요. 먹고 자는
것 모두 제가 해결해 줄게요. 그것도 최고급으로. 그러니 저

도 따라가게 해줘요."

말과 함께 장자이가 품속에서 전낭을 꺼내 공중으로 던졌다 받기를 반복했다. 사왕검을 훔쳐 독고설란에게 되판 후 장자이는 상당한 액수의 은자를 받았다.

근거가 있는 얘긴지 모르겠지만 매상옥은 족히 일만 냥은 될 거라고 귀띔을 해준 적이 있다.

"네가 왜?"

"보기에 딱해서 경비 좀 대주겠다는데 거기에 무슨 이유가 있어요?"

"마음은 고맙지만 사양하겠어."

"제발요."

"안 돼."

이대로는 안 되겠다 싶었는지 장자이가 갑자기 말에서 훌쩍 뛰어내렸다. 그러고는 살극달에게 쪼르르 달려와 갑자기 극진한 태도로 포권지례를 했다.

"그동안 당신이 갖가지 속임수로 날 엿 먹이고 이용할 때마다 늙은 변태 자식이라고 생각했던 제가 저질이에요. 용서해 줘요. 앞으로는 말 잘 들을게요."

이건 당최 욕인지 사과를 하는 건지 알 수가 없었다. 살극달은 떨떠름한 얼굴이 되었다.

"그럼 저까지 다섯 명이 되는 건가요?"

갑작스러운 목소리에 살극달은 뒤를 돌아보았다. 조그만 바랑을 짊어진 조빙빙이 계단을 따라 내려오고 있었다.

잠시 후 계단을 모두 내려온 조빙빙은 장자이, 매상옥과 함께 검노가 탄 철륜의를 둘러싸고는 어미를 기다리는 새끼 새처럼 살극달을 바라보았다.

살극달은 그들 하나하나와 눈을 맞춘 후 분명하고 단호한 목소리로 말했다.

"누구 마음대로."

第六章
검노, 자유를 되찾다

　살극달은 빽빽한 수림 사이로 난 길을 걷고 있었다. 햇볕이
따사롭게 내리쬐는 길가엔 울긋불긋한 단풍잎이 어지럽게 날
렸다. 여름이 끝나갈 무렵 남만을 나왔으니 그사이 가을이 한
창 깊어진 것이다.

　살극달의 뒤에는 협봉검을 차고 죽립을 눌러쓴 채 조용히
따르는 조빙빙과 화려한 궁장 차림에 백마를 탄 장자이가 있
었다.

　다시 그녀들로부터 멀지 않은 곳에는 매상옥이 끄는 천
륜의에 탄 검노가 방만한 자세로 앉아 산천 구경을 하고 있

었다.

십 년 동안 귀도성에 갇혀 있다가 강호를 주유할 생각을 하니 검노는 신바람이 나는 모양이었다.

길이 울퉁불퉁한 터라 철륜의가 방아를 쿵쿵 찧어대고 바퀴는 연신 비명을 질러대는데도 불구하고 검노는 이까짓 불편함 정도는 철구를 끌고 다니는 것에 비하면 아무것도 아니라는 듯 태연자약했다.

급기야 수목 사이로 보이는 청명한 하늘을 보며 감탄까지 했다.

"날씨 한번 조오타."

장자이가 뒤를 휙 돌아보더니 말머리를 조빙빙과 나란히 한 다음 허리를 숙여 속삭였다.

"대체 저 괴물은 누구예요?"

"나도 몰라."

"이거 왜 이래요?"

"정말이야. 과거 살 공자와 인연이 있었던 사람이라는 것 외에는 아무것도 몰라. 알아도 말할 수 없고."

확실히 알고 있다.

장자이는 떨떠름한 표정을 지었다.

'은근히 고집 있네.'

"그런데 괜찮을까요?"

"뭐가?"

"저 사람이 싸우는 걸 봤어요. 정말 무시무시하던데요. 성격도 뭐랄까, 약간 미친 것 같달까? 아무튼 도무지 종잡을 수 없는 사람이에요. 그런 사람을 데리고 다니다 보면 무슨 돌발 행동을 할지 모르잖아요. 발작이라도 하게 되면 그땐 정말 통제가 불가능할 것 같던데……."

"걱정하지 마. 그는 살 공자의 종복이니까."

"네에? 종복이라고요?"

장자이의 마지막 말은 소리가 좀 컸다.

뒤늦게 실태를 깨달은 장자이가 슬그머니 뒤를 돌아보았다. 아니나 다를까, 검노가 고리눈을 뜨고 장자이를 쏘아보고 있었다.

오싹한 장자이는 고개를 휙 돌리고는 앞만 보고 갔다. 그러다 뭔가 이상한 생각이 들어 조빙빙을 째려보았다.

"너무 자연스러워서 깜박했는데, 왜 저한테 하대를 하시는 거죠?"

"친해지고 싶어."

"네?"

"난 친구가 별로 없어. 아는 사람들이라곤 사형제들이 거의 전부였는데 아시다시피 사형제들과도 별로 친하지 않았지. 그래서 이제부터 성격을 좀 바꿔보려고 해."

"그래서 나랑 친구가 되고 싶다고요?"

"싫어?"

"아니 뭐… 꼭 그런 건 아니지만……."

장자이는 또 한 번 떨떠름한 생각이 들었다.

그녀의 나이 올해로 스물둘. 반면 조빙빙은 일견하기에도 자신보다 서너 살은 늙었다. 서너 살 터울을 두고 친구가 되지 말라는 법은 없지만 그렇게 되면 조빙빙이 손해가 아닐까?

'한번 나이를 따져 볼까? 아니야. 괜히 그랬다가 언니로 불러야 할지도 몰라. 그냥 모른 척 맞먹자. 자하부의 오공녀씩이나 되는 사람과 친구 먹어서 나쁠 건 없지. 후후.'

"뭐 정 그렇다면야 나도 이제부터 편하게 말을……."

"그래, 편하게 언니라고 불러. 난 괜찮으니까."

"……!"

뜨악한 장자이가 뭔가 더 말을 하려는 순간 펑! 소리와 함께 무언가 주저앉는 기척이 들렸다. 살극달과 조빙빙, 그리고 장자이가 일제히 걸음을 멈추고 뒤를 돌아보았다.

한쪽 바퀴가 터져 나간 철륜의가 길바닥에 나뒹굴고, 쇠사슬에 뒤엉켜 미처 하반신을 빼지 못한 검노가 꼴사납게 널브러져 있었다. 철구의 육중한 무게를 견디지 못하고 철륜의의 축이 부러진 것이다.

그 곁에는 덩그러니 남은 장대를 쥔 매상옥이 당황한 얼굴로 검노를 보고 있었다.

"까르르! 아이고, 배야!"

장자이가 마상에서 배를 잡고 꺽꺽거렸다.

조빙빙은 터져 나오는 웃음을 억지로 참느라 얼굴이 시뻘게졌고, 살극달은 그저 황당하다는 시선으로 검노를 바라보고 있었다.

당황한 매상옥이 재빨리 달려가 검노를 부축했다. 검노가 매상옥의 손을 홱 뿌리치고는 옷을 툭툭 털며 일어났다. 그리고 세 사람을 향해 휘적휘적 걸어왔다.

놀란 장자이가 황급히 말을 몰아 멀찌감치 달아났다. 하지만 검노는 장자이를 한 번 힐끗 노려보고는 살극달의 앞에 섰다. 그리고 따졌다.

"대체 언제까지 이런 길로만 다닐 거냐?"

"나도 모르오."

"모른다고만 하면 안 되지. 네가 이리로 길을 잡는 바람에 내가 사흘이나 걸려 만든 철륜의가 부서졌는데."

살극달은 철륜의의 파편을 들고 이리저리 살피는 매상옥에게 시선을 던지며 말했다.

"매상옥, 으슥한 곳에 가서 철륜의를 태워 버리고 따라와."

"그, 그게 무슨 말이야!"

검노가 발작적으로 외쳤다.

"어차피 여기선 수리를 할 수도 없잖소."

"그래도 너는 두목이니까 무슨 수를 내줘야지. 사흘씩이나 걸려 만든 건데 무작정 부수라고 하면 어떡해."

"어서!"

살극달이 매상옥을 돌아보며 다시 한 번 준엄하게 명령을 내렸다. 이어 입술을 몇 번 더 미세하게 달싹거렸지만 그걸 본 사람은 없었다.

검노의 눈치를 슬금슬금 살피던 매상옥의 눈동자에서 돌연 이채가 띠었다. 잠시 후 그는 반파된 철륜의를 질질 끌고 신나게 숲으로 사라졌다.

철륜의를 태워 버리면 힘들게 끌지 않아도 되는 것이다.

검노가 당혹감과 분노로 수염을 바르르 떠는 사이 살극달은 아무 일 없었다는 듯 다시 걸음을 옮겼다.

조빙빙과 장자이가 조용히 그의 뒤를 따랐다.

분통이 치민 검노는 멀어져 가는 살극달의 뒤통수를 확 쪼개 버리고 싶다는 충동을 느꼈다.

못할 것도 없다.

슬그머니 등 뒤로 다가가서 철구로 냅다 까버리면 된다. 놈이 제아무리 기이막측한 무공의 소유자라고 한들 뒤통수에 눈이 달린 것도 아닌데 죽지 않고 배기겠는가.

'진짜 한번 해볼까?'

검노는 혀로 입술을 한번 핥고는 약간 속도를 내서 걸었다. 아무 일도 아닌 듯, 그저 거리가 벌어지자 조금 빨리 걷는 것처럼 다가간 검노는 쇠사슬을 슬그머니 추려 잡았다. 쇠사슬 끝에 매달려 질질 끌려오던 철구가 바닥에서 살짝 떠올랐다.

꿀꺽.

한차례 마른침을 삼킨 검노가 쇠사슬을 쥔 손에 슬쩍 힘을 주었다. 대롱대롱 매달린 철구가 짧은 폭으로 두어 번 흔들리는 순간 살극달이 뒤를 힐끗 돌아보았다. 화들짝 놀란 검노가 황급히 둘러댔다.

"할 말이 있다!"

"뭐요?"

"대체 어디로 가는 거냐?"

"나도 모르오."

"어딜 가는지도 모르면서 간다고? 그게 말이 되느냐? 사람이 어디론가 가면 목적지가 있든가 아니면 가지를 말아야지. 네놈은 몸이 가벼우니까 아무 데나 휙휙 다닐 수 있는지 모르겠다만 난 아주 죽을 맛이다."

말과 함께 검노가 과장된 동작으로 쇠사슬을 추리고 철구를 어깨에 둘렀다. 마치 이것들을 처리하지 못해 번거롭기 짝이 없다는 투였다.

"일단은 자하부를 나와야 했고, 지금은 인적이 드문 곳을 찾고 있소."

"인적이 드문 곳이라니? 대체 왜?"

"자하부에서 큰 소란을 벌였소. 특히 당신은 너무 설쳐대서 그날 자하부에 있었던 사람치고 당신의 얼굴을 보지 못한 이가 없소. 소문은 삽시간에 퍼질 테고, 어딜 가든 사람들은 우리를 알아볼 거요. 난 주목을 받는 게 싫소. 정확하게 말하면 번거롭소."

"크하하!"

살극달은 분명 면박을 주었는데 검노는 자신이 유명해진 게 자랑거리라도 되는 양 한차례 호탕하게 웃고는 말했다.

"중원 십팔만 리가 얼마나 넓은지 아느냐? 일례로, 네놈이 시금 밟고 있는 귀주성만 해도 장장 오천만 평에 달할 만큼 광활한 땅이다. 그곳을 모두 한 번씩 밟는 데만도 네놈이 살아온 세월을 꼬박 바쳐야 할 것이다. 귀주의 고수가 운남의 고수를 모르고, 운남의 고수가 사천의 고수를 모르는 이유가 거기에 있느니라. 물론 이름 정도는 들어보았을 수도 있겠지. 하지만 직접 만난다고 하더라도 알아볼 확률은 거의 없다 이 말이다."

"쇠사슬에 철구를 매달고 다니는 괴노인은 흔치 않지."

"그건… 그렇지."

워낙 맞는 말인지라 검노는 저도 모르게 맞장구를 쳐버렸다. 뒤늦게 실태를 깨달은 그는 얼른 따졌다.

"그래서 뭘 어쩌겠다는 거냐?"

그때쯤 매상옥이 돌아왔다.

한데 그는 혼자가 아니었다.

언제 어디서 무슨 수로 잡았는지 두 명의 괴인을 사로잡은 상태였다. 얼굴에 주먹을 정통으로 맞았는지 한쪽 눈이 퉁퉁 부은 말라깽이와 주저앉은 매부리코에서 코피가 줄줄 흘러내리는 거지였다.

아마도 혈도를 짚인 듯한데 두 다리 외에는 사지가 뻣뻣하게 굳은 것이 흡사 통나무가 걸어오는 것 같았다.

"세 놈이 더 있었는데 기척을 느끼자마자 내빼 버렸습니다. 어찌나 날랜지 미처 손써볼 틈도 없었습니다."

매상옥이 말했다.

"그 정도면 됐어."

살극달의 말을 듣는 순간 사람들은 매상옥이 괴인들을 잡아온 것이 살극달의 명령에 의한 것임을 깨달았다. 철륜의를 태워 버리라고 보내면서 실은 추격자들을 잡아오라고 한 것이다.

바로 그 이유 때문에 사람들은 깜짝 놀랐다.

조빙빙은 뇌정신군의 진전을 이은 일류고수고, 장자이는 빙하신투라 불리는 희대의 도적이며, 검노는 두말이 필요없는 무적의 고수다.

하지만 누구도 추격자가 근처에 있다는 걸 알지 못했다. 그것도 다섯 명씩이나 있었는데도 불구하고 말이다.

이유는 둘 중 하나였다.

추격자들이 세 사람의 기감에 걸리지 않을 만큼 먼 곳에 있었거나 아니면 세 사람을 속일 수 있을 만큼 고강한 내공의 소유자이거나. 그러나 매상옥에게 사로잡힌 걸 보면 후자는 아니었다.

그리고 검노의 기감에 걸리지 않았다는 것도 사실이 아니었다.

"자하부에서부터 쫄쫄 따라다니더니 이놈들이었군."

장자이와 조빙빙은 또 한 번 놀라지 않을 수 없었다. 자하부에서부터 추격자들이 따라붙었다는 사실은 저들이 자하부를 줄곧 예의 주시하고 있었다는 말이 된다.

그때 거지를 유심히 살피던 검노가 성큼 다가서서는 허리춤을 틀어쥐며 말했다.

"개방도잖아. 십 년 만에 개방도를 보다니."

과연 검노의 말처럼 거지의 허리춤에는 하나의 매듭이 묶여 있었다. 일결제자라는 뜻인데, 그의 위치보다는 개방도라는 것이 사람들을 또 한 번 놀라게 했다. 개방까지 자하부를 주시하고 있었다는 말이기 때문이다.

살극달이 두 사람에게 다가가 물었다.

"신분을 대라."

말라깽이는 고개를 홱 돌려 버렸고, 거지는 마른침만 꼴딱 꼴딱 삼켰다.

"신분을 대지 않으면 부득불 입막음을 할 수밖에 없다."

입막음을 한다는 게 입에 솜을 틀어넣는 것은 아닐 것이다. 살인멸구도 서슴지 않겠다는 살극달의 말에 두 사람은 마른 침을 삼켰다.

"하오문 귀양분타의 곽성규올시다."

"개방 귀양분타의 구덕우올시다."

개방에 이어 하오문까지.

조빙빙, 장자이, 매상옥은 사태가 심상치 않게 돌아가고 있음을 뒤늦게 깨달았다. 어느 정도 예상은 했지만 이처럼 일이 커져 있을 줄은 상상하지 못했다.

"하오문과 개방이 왜 우리를 추격하는지는 묻지 않겠다. 가서 윗전에 전하라. 다시 한 번 부스러기를 붙이면 목숨을 보장할 수 없다고."

살극달이 두 사람의 팔과 어깨를 한번 쓰다듬어 주자 혈도 가 풀렸다. 뒤늦게 자유의 몸이 되었다는 걸 깨달은 두 사람 은 부리나케 도망쳐 버렸다.

살극달은 이어 좌우의 숲을 무섭게 노려보며 말했다.

"다른 사람들도 마찬가지요. 지금 떠나면 더는 추궁하지 않겠소. 하지만 끝까지 숨어 있겠다면 약속하건대 당신들은 지금 이 자리에서 철구를 상대해야 할 것이오."

장자이, 조빙빙, 매상옥은 그야말로 뜨악했다.

살극달의 말대로라면 매상옥이 알아차린 다섯 명 외에도 많은 사람이 숨어서 지켜보고 있다는 것이 아닌가.

과연 살극달의 말처럼 고요하던 숲 곳곳에서 미세한 흔들림이 생겨났다. 흔들림은 무려 십여 곳에서 동시다발적으로 일어났다. 그 모습이 마치 바람이 숲을 빠져나가는 것 같았다.

"중놈 하나가 끝까지 버티는걸! 기분도 꿀꿀한데 배를 갈라 사리가 몇 개나 나오는지 한번 볼까 하는데, 넌 어떻게 생각하느냐?"

검노가 들으라는 듯이 큰 소리로 물었다.

살극달이 미처 대답하기도 전에 닭이 홰를 치는 듯한 소리와 함께 이십여 장 바깥의 무성한 솔가지로부터 민대가리 하나가 튀어나왔다. 그는 모습을 보이자마자 뒤도 돌아보지 않고 후다닥 도망갔다.

정확히 한 놈이 남아 있다는 것과 그가 승이라는 것까지 알아맞히자 대경실색하여 도주한 것이다.

조빙빙은 그야말로 어리둥절할 수밖에 없었다. 이십여 장이라는 거리가 있기는 했지만 자신의 기감을 속일 수 있을 정도라면 상당한 수준의 고수에 속한다. 저런 고수들이 왜, 무엇 때문에 자신들을 추격한단 말인가.

"대체 어떻게 된 거죠?"

조빙빙이 살극달에게 물었다.

"검노의 말처럼 자하부에서부터 따라왔소."

"저들이 왜……?"

"자하부를 나올 때 곳곳에 감시의 눈길이 있었소. 노룡이 등장한데다 혈사까지 일어났으니 천하의 눈이 자하부로 집중될밖에. 이제는 저들도 노룡이 가짜라는 걸 알았을 테지만 대신 나와 검노가 신경이 쓰였을 것이오. 특히 검노가."

"내가 왜?"

검노가 물었다.

"소문 못 들었소?"

"소문이라니?"

"당신이 철수신룡과 삼뇌, 그리고 이원로를 차례로 쳐 죽였다고 소문이 파다하답디다. 열흘 후면 남무림 전역으로 퍼질 것이고, 한 달 후면 중원무림에 그 사실을 모르는 사람이 없을 거요."

"내가 왜!"

검노가 재우쳐 목청을 높였다.

"나도 잘 모르겠소."

살극달이 운중각을 떠난 후 뒤늦게 나타난 검노가 그때까지 살아 있는 사람들을 쳐 죽였다. 그때는 자하부의 전투가 거의 막바지에 이를 때쯤이었고, 때마침 나타난 사람들이 핏물을 흠뻑 뒤집어쓴 채 마무리를 하고 있는 검노를 보고 그렇게 오해를 해버린 것이다.

이런 사정을 알 리 없는 검노는 억울한 누명을 썼다며 길길이 날뛰었다. 그러다 무언가 이상한 생각이 들었는지 살극달에게 따지듯 물었다.

"온종일 같이 있었지만 난 아무것도 듣지 못했다. 한데 넌 어디서 그런 소문을 들었느냐?"

"궁 총관이 그럽디다."

"젠장, 젠장, 젠장!"

검노는 억울해 죽겠는지 젠장이란 소리를 연거푸 세 번이나 말했다. 그러다 눈알을 위로 또록또록 굴리더니 갑자기 얼굴에서 분노의 기색을 지우고 도리어 화색을 띠었다.

"후후, 그렇단 말이지."

검노의 돌변한 태도에 장자이와 매상옥은 뜨악했다. 사람들은 몰랐지만 살극달은 검노의 머릿속을 환히 들여다보고 있었다.

검노는 유명해지는 것이 좋은 것이다.

과거 수천 명의 고수를 쓰러뜨리며 대륙을 가로지른 그가 아닌가. 까짓것, 누명이든 아니든 다시 한 번 강호를 떨어 울린다는 사실 한 가지만으로도 그는 무림으로 돌아왔다는 기쁨과 함께 활기를 느끼는 것이다.

"이제 어떡하죠? 강호의 눈이 전부 우리를 향하고 있다면 여간 거추장스럽지 않을 텐데."

조빙빙이 살극달에게 물었다.

"우선 눈에 띄는 사람부터 해결해야겠죠."

살극달이 별안간 검노를 돌아보았다.

살극달은 기감을 끌어올려 근처에 아무도 없음을 거듭 확인한 후 갑자기 사왕검을 쑥 뽑아 들었다. 그러곤 검노를 향해 저벅저벅 다가갔다.

"무, 무슨 짓이냐!"

실실거리며 웃던 검노는 저도 모르게 연거푸 뒷걸음질을 쳤다. 살극달은 계속해서 검노에게로 다가갔고, 그 바람에 두 사람은 길에서 벗어나 숲으로 들어가게 되었다.

뒤늦게 자신의 실책을 깨달은 검노가 걸음을 멈추었다. 계속해서 물러난다는 건 그의 성격이 아니었다. 상대가 제아무리 강자라고 한들 사생결단의 각오로 부딪치는 것이 그의 성격이었다.

"오냐. 나도 이제 배알이 뒤틀려서 더는 못하겠다. 네놈이 죽든 내가 죽든 이쯤에서 결판을 내자."

말과 함께 검노는 양손을 앞으로 자연스럽게 내밀고 한쪽 다리를 무릎까지 들어 올리는, 이른바 당랑거철(螳螂拒轍)의 자세를 취했다.

흔하디흔한 기수식이었지만, 상대가 어딜 어떻게 공격해 오든 쉽게 응대할 수 있는 기수식이도 했다. 그가 들었던 발로 진각을 밟는 순간 공격이 시작되는 것이다.

그리고 공격은 최선의 방어였다.

검노는 바닥을 크게 내딛는 한편 늘어져 있던 쇠사슬을 힘차게 휘둘렀다. 항아리만 한 철구 하나가 대기를 찢으며 살극달을 향해 날아갔다.

그 순간 사왕검이 허공에서 벼락처럼 번뜩였다.

스캉!

둔탁한 음향과 함께 쇠사슬 끝에 매달려 힘차게 날아가던 철구가 더 이상 익을 게 없는 홍시처럼 뚝 떨어져 버렸다.

"엇!"

당황한 검노는 헛바람을 토해냈다.

사왕검이 기물인 줄은 알고 있었지만 흑수하에서 구한 정체불명의 강철을 제련해 만든 사슬이 이처럼 간단하게 잘려 버리다니. 검노는 심장이 튀어나올 듯한 충격에 황급히 물러나며 이어지는 살극달의 반격에 대비했다.

양손을 쭉 뻗은 채 주먹을 말아 쥔 그의 손목엔 철구가 잘려 나가 깡똥하게 남은 쇠사슬만이 반 장 정도의 길이로 치렁하게 늘어져 있었다.

하지만 검노의 예상과 달리 살극달은 더는 공격할 기미를 보이지 않았다. 사왕검의 가공할 절삭력에 살극달 역시 크게 당황했기 때문이다.

일반적으로 무인이 고수가 되는 방법은 크게 두 가지가 있다. 첫 번째는 비공절학을 손에 넣는 것, 두 번째는 신병이기를 손에 넣는 것.

전자가 기연을 얻은 후에도 부단한 노력과 인고의 세월이 필요하다면 후자는 하루아침에 고수가 될 수 있다.

이미 무림에 어느 정도 이름을 떨친 자라면 절세의 고수가 되는 것도 어렵지 않으리라. 그도 그럴 것이, 그 어떤 보검도 싹둑 잘라 버리는 마물을 누가 당할 수 있겠는가.

마도십병의 위력에 내심 놀란 살극달은 검을 천천히 갈무리했다.

그제야 검노는 눈에 띄는 사람부터 해결해야겠다는 살극달의 말이 단지 철구를 제거한다는 것임을 깨달았다.

그러자 짜증이 물밀 듯 솟구쳤다.

검노는 철구가 떨어져 나간 쇠사슬을 포악하게 흔들어대며 길길이 날뛰었다.

"이걸 끊어버리면 어떡해!"

"언젠 끊어달라더니, 이젠 끊어줬다고 난리요?"

"끊어주려면 십 년 전에 끊어줬어야지. 네놈이 나를 귀도성에 가두고 난 후 단 하루도 쉬지 않고 구유철마진력을 수련했단 말이다! 이제야말로 철구를 자유자재로 사용할 수 있게 되었는데, 이제 와서 싹둑 끊어버리면 나더러 어쩌란 말이냐! 그동안 다른 무공은 하나도 수련하지 않아서 이젠 가물가물하단 말이다."

"어쩔 수 없었소. 당신의 철구는 지나치게 이목을 끄오."

"쇠사슬은 어쩔 테냐. 이놈을 치렁치렁 끌고 다니는 건 괜찮단 말이냐?"

"손목에 감은 다음 소매 속에 감추고 다니시오."

"그걸 지금 말이라고 하는 거냐!"

검노는 팔이라도 잘린 사람처럼 흥분했다.

하지만 살극달은 자신과는 상관없는 일이라는 듯 태연한 표정으로 장자이에게 말했다.

"나눠 줘."

장자이가 그때까지 말 궁둥이에 싣고 있던 커다란 보퉁이 하나를 툭 던졌다. 무심결에 보퉁이를 받아 든 검노가 매듭을 풀자 허름하지만 깨끗하게 빨아놓은 흑의 장삼 다섯 벌이 나왔다.

"이게 뭐야?"

"반 각을 주겠소. 각자 흩어져서 갈아입고 흔적을 깨끗이 갈무리한 다음 여기서 다시 만나는 거외다."

"저도 갈아입어야 해요?"

장자이가 볼멘소리로 물었다.

"말도 버리고 와."

"말은 또 왜요?"

"눈에 띄어."

"하지만……."

"무조건 내 말에 따르기로 하지 않았나?"

살극달이 말에 은근히 힘을 주었다.

그 기파에 짓눌린 장자이가 뾰로통한 표정으로 고개를 숙였다.

살극달은 다시 조빙빙에게 물었다.

"역용을 할 줄 아시오?"

"인피면구라면 하나 있어요."

"그렇게까지 정교하지 않아도 좋소. 유심히 보지 않으면 알아볼 수 없을 정도로 재주를 부릴 수만 있으면 되오."

"내가 도와줄게요."

장자이가 말했다.

"그럼 부탁해."

조빙빙이 장자이와 함께 숲으로 사라졌다.

살극달은 검노와 매상옥에게도 덧붙였다.

"두 사람도 역용하는 걸 잊지 말도록."

장자이는 본래 역용의 대가다.

검노는 말할 것도 없고 매상옥 역시 살수의 특성상 제 얼굴 하나쯤 바꾸는 건 일도 아니었다.

그건 살극달도 마찬가지였다.

살극달은 얼굴의 근육만이 아니라 뼈를 움직여 체형 전체를 바꿀 수 있는 축골공(縮骨功)까지 능숙하게 펼칠 수 있었다.

반 각이 지난 후 사람들은 다시 만났다.

장삼이란 길이가 길고 품과 소매가 넓은 겉옷을 말한다. 여기에 가죽 요대를 허리에 두르면 활동하기도 좋고 넓은 소매 속에 무언가를 휴대하기도 좋아 무림인들이 즐기는 무복이 된다.

장자이는 가느다란 눈매를 따라 염기가 가득한 미녀로 변했다. 딴에는 좀 더 튀어보려고 그랬는지 다른 사람들의 것보다 유독 맵시있게 빠진 장삼 끝단에는 금실로 감까지 쳐져 있었다.

조빙빙은 주근깨 가득한 시골 아낙으로 변해 있었다. 하지만 허리춤에 협봉검과 장삼으로도 숨길 수 없는 아리따운 몸매 탓에 결코 평범할 수 없는 시골 아낙이었다.

더구나 사람들은 조빙빙의 본 얼굴을 알고 있었다. 머릿속에 각인된 원래의 용모와 지금의 수수한 얼굴, 협봉검, 수려한 몸의 곡선의 부조화로 말미암아 조빙빙에게선 낯설면서도 묘한 분위기가 흘렀다.

장자이 딴에는 최대한 못생긴 얼굴을 만들려고 했나 보다만 결과적으로는 신선한 매력만 부각한 상황이었다.

가장 꼴불견인 사람은 검노였다.

어쩔 도리가 없는 작달막한 키에 치렁한 흑의 장삼을 걸치고 허리를 넙데데한 요대로 잘끈 묶었더니 그 모습이 꼭……

"우리가 개미야 뭐야?"

검노가 품을 벌려보며 볼멘소리를 했다.

얼굴은 어느새 검버섯이 칙칙한 중늙은이로 변해 있었다. 가슴까지 내려오는 치렁한 머리카락을 뒤로 잘끈 묶어놓으니 영락없는 무림인이었다.

거기다 치렁하게 늘어져 있던 쇠사슬을 팔뚝에 돌돌 감은 다음 소매 속으로 쏙 감춰 버리자 정말로 감쪽같았다.

"잘 어울리는구려."

"내가 과히 처지는 옷걸이는 아니지. 너도 그럭저럭 봐줄 만은 해."

검노는 봐줄 만하다는 말로 깎아내렸지만 장자이와 조빙

빙이 보기에는 절대 그렇지 않았다. 육 척 장신에 떡 벌어진 어깨, 검게 탄 얼굴, 무언가 있어 보이는 듯한 눈의 살극달은 어떤 옷을 걸쳐도 야성적인 매력이 물씬 풍겼다.

"내가 아깐 깜박했는데, 대체 왜 사슬을 끊어준 건가?"

검노가 물었다.

숲에서 옷을 갈아입는 동안 그 생각을 했던 모양이다.

"도대체 몇 번을 말해야 하는 거요?"

"내 말은……."

검노는 힘주어 한마디를 흘림으로써 좌중의 분위기를 바꾸었다. 그리고 가일층 가라앉은 음성으로 다시 물었다.

"왜 금제를 풀어주느냐는 것이다. 내가 만약 도주하면 어쩌려고."

"도주할 생각이오?"

"말을 삼가라. 본좌는 사생결단을 낼지언정 누구에게서도 등을 보인 적 없느니라."

"그럼 됐소."

"이익!"

핵심을 피한 채 현란한 말재주로 간단하게 상황을 정리해 버리는 살극달의 어법에 검노는 피가 거꾸로 솟구치는 것 같았다.

하지만 곧 맥이 탁 풀렸다.

저 요괴 놈의 모가지를 따버리지 않는 한 이런 종속 관계는 도무지 어떻게 해볼 방법이 없는 것이다.

"좋아, 그건 그렇다 치고, 대체 무슨 일이냐?"

"뭐가 말이오?"

"며칠 전부터 무언가 고민을 하는 것 같던데, 귀신을 속이지 나를 속일 생각일랑 말아라."

"일전에 귀도성에서 수라마군에 대해 했던 얘기들 기억나시오?"

"수라마군? 백백교의 교주 수라마군 말인가?"

"백백교가 멸문지화를 당한 사정에 대해 더 아는 바가 있소?"

백백교의 멸문지화라는 살극달의 한마디에 장자이와 매상옥은 뜨악했다. 이제는 역사의 뒤안길로 사라져 버린 전대의 혈겁이 지금 이 순간 왜 거론되는 것인가.

"음, 혼원벽력검 때문에 그러나 보군. 그때 백백교주의 휘하에는 십 인의 대마두가 있었지. 마도의 하늘에선 그들을 일컬어 십마왕이라 불렀는데, 혼원벽력검은 바로 그 마왕 중 한 명의 무공이었지."

"그건 이미 들었잖소. 난 멸문지화를 당한 사정에 대해 듣고 싶은 거요."

검노는 떨떠름한 얼굴로 살극달을 한 번 노려보고는 심드렁하게 말을 이었다.

"그 얘기는 더 하고 말 것도 없어. 내가 아는 것은 그때 얘기해 준 게 전부니까. 수라마군이 십 인의 대마두를 쓰러뜨리고 수하로 거두면서 마도의 하늘엔 일대 변혁이 일어났지. 중원 곳곳에 흩어져 있던 마두들이 하나둘씩 백백교가 안거한 곤륜으로 향했거든. 중원무림의 일백 문파는 천하의 마인들이 하나로 뭉칠 것을 염려한 나머지 무려 오천의 고수들을 이끌고 이른 새벽 백백궁을 기습, 수라마군을 따르던 일천의 마인들을 몰살했지. 천하를 관장하던 일백의 율법은 허공으로 흩어지고 그가 일백의 마두와 비무행을 하면서 획득한 열 개의 마병 또한 뒤를 따라 사라졌지."

더 할 얘기가 없다면서도 주저리주저리 풀어놓는 검노였다. 그리고 그의 말처럼 하나같이 살극달이 이미 들은 내용이었다.

"그때 수라마군이 죽지 않았다고 했소?"

"죽지 않았을 뿐만 아니라 중원무림을 향해 저주를 퍼부었다니까. '나는 죽지 않는다. 반드시 돌아와 오늘의 혈채를 받아낼 것이다'라고. 한데 갑자기 그 얘기는 왜 하는 건가?"

"그가 다시 나타난다면 어떨 것 같소?"

"다시 나타나다니 그게 무슨 말이야?"

"천년부호에서 한 사람을 만났는데, 어쩌면 그가 수라마군일지도 모르겠소."

조빙빙, 장자이, 매상옥의 얼굴이 딱딱하게 굳었다. 검노가 뜨악한 얼굴로 말했다.

"무슨 그런 말도 안 되는. 백백교가 몰살을 당한 지 이미 백 년이 넘었다. 풍월에 듣기로 그때 수라마군의 나이가 대략 서른에 육박했다고 한다. 그런 그가 아직 죽지 않고 살아 있다면 어림잡아도 일백하고도 서른 살이라는 말인데, 인간이 백삼십 세까지 사는 게 가능하다고 생각하느냐?"

"세상에 절대적인 진리란 없소."

"진리란 불변이기에 진리인 것이다. 만약 그가 살아 있으려면 사람이 아니라 요괴라는 말인데……."

거기까지 말을 하던 검노의 얼굴이 불그죽죽하게 변했다. 흡사 유령이라도 본 듯한 얼굴의 검노는 마른침을 꿀꺽 삼킨 후 목소리를 쥐어짰다.

"설마 그놈도……?"

"그런 것 같소."

"아아, 요괴가 또 한 마리 있었다니!"

충격이 컸는지 검노는 뒷짐을 지고 살극달의 앞을 왔다 갔다 하면서 횡설수설했다. 두 사람의 대화를 묵묵히 지켜보던 조빙빙도 낯빛이 어둡게 변했다.

살극달의 말인즉슨, 천년부호에서 만난 사람이 수라마군

이며, 그 자신처럼 제 수명을 넘어서까지 산 사람이라는 것이
다.

영문을 모르는 매상옥은 세 사람을 번갈아 보며 어리둥절
한 표정을 지었다. 수라마군은 무엇이며 백삼십 년을 살았다
는 건 또 무슨 말인가.

"뭔가 오류가 좀 있는 것 같은데요."

장자이가 끼어들었다.

사람들의 시선이 장자이를 향했다.

"백백교도가 몰살을 당한 게 백 년까지 흐른 건 아니죠."

장자이를 향하는 검노의 눈매가 실처럼 가늘어졌다. 감히
자신의 말에 반박한 것에 대한 짜증이었다. 만약 일만의 마병
을 이끌던 시절 그의 수하가 그랬다면 당장에 모가지 감이었
다.

"무슨 뜻이냐?"

검노가 물었다.

"뭔가 착각을 하신 것 같은데요. 수라마군이 세상에 모습
을 드러낸 것은 대략 구십 년쯤 전이에요. 워낙 오래된 일이
고, 또 이미 역사의 뒤안길로 사라진 전설이다 보니 사람들이
말하기 좋게 백 년이라고 할 뿐이죠. 그리고 그가 희대의 대
마두들을 상대로 비무행을 한 세월이 다시 십 년, 곤륜산 어
느 기슭에 백백교를 세우기까지 십 년, 중원무림의 침공을 받

기까지 다시 십 년이 걸렸죠. 그러니 백백교가 멸망을 한 것은 지금으로부터 대략 육십여 년 전이에요."

좌중에 서리가 싸늘하게 내려앉았다.

살극달이 떨떠름한 얼굴로 검노를 노려보며 물었다.

"맞소?"

"그렇게 말하니 그런 것 같기도 하고……."

"편차가 있어도 어느 정도라야지."

살극달이 어금니를 빠드득 갈았다.

검노는 멋쩍은 듯 뒤통수를 벅벅 긁었다.

굳이 말하자면 검노가 혈기 방장한 청년일 무렵 백백궁의 혈사가 터졌다. 하지만 그 당시 검노는 무림인이 아니었고, 또 변방의 촌뜨기였기 때문에 무림사를 잘 알지 못했다.

그가 백백궁의 혈사에 대해 알게 된 건 무림으로 출두하고 난 후였다. 그런 연유로 편차가 있었던 것인데 살극달은 전혀 알지 못했다.

검노는 돌연 짜증이 솟구치는지 눈을 부릅뜨고 따졌다.

"이게 다 네놈 때문이다. 네놈이 나를 귀도성에 가두는 바람에 내 머릿속이 온통 뒤죽박죽된 거야. 어쨌거나 그게 중요한 게 아니고, 놈을 만나면 한판 붙을 거냐?"

"그런 차원의 문제가 아니오. 난 반드시 그를 만나야 하는 이유가 있소."

"그건 네 생각이고, 놈이 만약 칼을 휘두른다면 어쨌든 싸우긴 싸울 거 아니냐?"

"싸움을 걸어온다면 피할 생각은 없소."

검노의 표정이 그제야 흡족해졌다.

"그럼 더 망설일 게 없지. 이제부터 그놈을 열심히 찾아보자고."

"문제는 그가 어디로 갔는지 모른다는 거요."

"어디로 갔는지는 몰라도 무슨 짓을 할지는 대충 짐작하고 있겠지? 내가 아는 네놈은 무에서도 유를 창조해 내는 놈이야. 자, 이제 네 머릿속에서 맴도는 그걸 어서 꺼내보라고."

살극달은 떨떠름한 얼굴로 검노를 바라보다 천천히 입을 열었다.

"유일한 단서는 그가 사왕검을 손에 넣으려 했다는 것이오. 지금은 아는 사람조차 드물지만 사왕검은 과거 마도십병 중의 하나였소. 내 짐작이 틀리지 않는다면 그는 마도십병을 회수하는 중이오."

좌중이 찬물을 끼얹은 것처럼 고요해졌다.

수라마군이 아직 살아 있다는 것도 놀랍지만, 그가 마도십병을 회수하고 있다는 건 더욱 놀랍다.

자하부의 경우는 살극달이 있었기에 천만다행으로 횡액을 면했다지만 다른 곳의 경우 안전을 보장할 수 없다.

특히나 수라마군이 살극달이 자신의 뒤를 추격하고 있다는 걸 알았다면 지금부터의 행보는 자하부를 상대할 때와는 다를 것이다.

무어라 딱 꼬집어 말할 수는 없지만 사람들은 태풍이 불기 직전의 고요함 같은 것이 강호를 뒤덮고 있다는 느낌이 들었다.

"계속해서 같은 말만 하고 있는 것 같은데, 그래서 이제 어떻게 놈을 찾을 거냐?"

"마도십병을 가진 사람들을 찾아야지."

"그걸 무슨 수로 찾아? 자하부에 사왕검이 있다는 것도 우연히 알았는데."

"우연이 아닌 사람도 있소."

말과 함께 살극달이 장자이를 바라보았다.

사람들의 시선도 따라서 장자이를 향했다.

"왜 절 보세요? 전 몰라요."

"자하부에 사왕검이 있다는 걸 어떻게 알았지?"

"그거야 도방(盜幫)의 대도(大盜)들 사이에서 떠도는 얘기를 듣고 알았죠."

"도방? 도둑들이 방회라도 만들었단 말이야?"

"방회 정도가 아니에요. 개방과 하오문이 그들 나름 대단한 정보력을 자랑하지만 각 문파의 살림을 도방만큼 정확하게 꿰뚫고 있는 곳은 없을 걸요. 소림사 주방의 숟가락이 몇 개인지, 방장이 쓰는 붓이 쥐꼬리 붓인지 개꼬리 붓인지까지 알 정도니까요."

"도방의 대도들 중에 아는 사람이 있어?"

살극달이 무슨 말을 하는 건지 장자이는 즉각 알아차렸다. 하지만 장자이는 여우였다. 그녀는 이런 상황을 즐기려는 듯 즉답을 피한 채 눈알을 위로 한참이나 굴리더니 말했다.

"한 명 있긴 하죠."

"내가 원하는 대답을 그가 줄 수 있을까?"

"물론이죠. 그가 모르는 것이면 천하의 그 어떤 대도도 모른다고 할 수 있어요. 마침 멀지 않은 곳에 있기도 하고. 하지만……."

"더 생각할 게 뭐 있어. 당장 가자고."

장자이의 말이 채 끝나기도 전에 검노가 살극달이 잘라 버린 철구 두 개를 은근슬쩍 집어 들며 말했다.

"철구는 안 된다고 몇 번을 말해야 하는 거요. 정말 푸닥거리를 한번 해야 알아듣겠소?"

살극달이 좀처럼 뜨지 않던 고리눈까지 뜨며 인상을 구겼다.

"하나는 괜찮지?"

검노가 철구 중 하나를 숲에 휙 던져 버리더니 예전부터 가지고 다니던 가죽 주머니에 나머지 하나를 쑤셔 넣은 후 어깨에 척 짊어지며 말했다.

그러고는 살극달이 뭐라고 할세라 냅다 줄행랑을 쳤다. 그 모습이 꼭 부호의 집에서 항아리를 훔쳐 달아나는 도둑 같았다.

第七章

도둑들의 왕

비룡잠호
秘龍潛虎

귀양부를 떠난 지 사흘째 되는 날 살극달은 일행과 동각(銅
閣) 땅으로 들어섰다. 동각은 사천성(四川省) 동쪽 끝 호광성(湖
廣省)과의 경계에 자리한 작은 산악 도시로 서안, 성도, 귀양으
로 이어지는 사천상로(四川商路)의 경유지이자 지류를 타면 반
나절 만에 장강의 본류로도 나아갈 수 있는 군사적 요충지였
다.

하지만 산악 도시라는 험난한 지리적 여건상 뿌리를 내리
고 사는 원주민은 그리 많지 않았다. 대신 하루 이틀 머물다
가는 상인이나 표사, 죄를 짓고 성외(省外) 탈출을 노리는 범

죄자들, 그리고 인근 군사 주둔지에서 술을 마시러 온 병졸들이 인구의 대부분을 차지했다.

"도둑놈들이 방회를 만들다니, 어이가 없군."

상인들의 전낭을 터는 기루가 어수선한 길을 지나면서 매상옥이 한 말이었다.

"거지들이 모여 개방(丐幇)을 만들고, 사공들이 모여 강하방(江河幇)을 만들고, 소금 장수들이 모여 해사방(海沙幇)을 만들었는데 양상(梁上)의 군자(君子)들이라고 방회를 만들지 말라는 법 있어?"

장자이가 지지 않고 따졌다.

"양상군자 좋아하네. 거지나 사공들이 먹고살려는 방편으로 방회를 만드는 거랑 도둑놈들이 남의 물건을 훔치기 위해 뭉치는 거랑 같으냐?"

매상옥도 어이가 없다는 듯 말했다.

"그럼 녹림의 강도들이 뭉쳐 녹림맹을 만드는 거나, 강상(江上)의 강도들이 뭉쳐 수로맹을 만드는 건 괜찮냐? 네 말대로라면 녹림맹과 수로맹이야말로 지탄받아 마땅한 놈들이냐?"

"옳거니, 네년이 이제야 실토를 하는구먼. 암, 그렇고말고. 도방이나 녹림맹이나, 도적놈이나 강도들이나 그게 그거지."

"이익!"

말문이 막힌 장자이가 와락 인상을 구겼다. 하지만 그것도 잠시, 이대로는 못 참겠는지 한마디를 툭 쏘아붙였다.

"까진 입이라고 잘도 지껄이는구나. 네가 그분 앞에서도 그렇게 지껄일 수 있는지 보자."

"하라면 내가 못할 줄 알고?"

"못하면 개자식이다."

"이게 어디서 은근슬쩍 욕을 하고 지랄이야!"

매상옥이 눈에 쌍심지를 켜고 장자이를 노려보았다. 그러거나 말거나 제 분은 풀었다는 듯 장자이가 고개를 홱 돌렸다. 그곳에 살극달이 있었다.

"도배는 원래 하오문의 영향력 아래에 있지 않았나? 어쩌다 따로 방회를 열게 되었지?"

살극달이 물었다.

"그거야 저자에서 남의 전낭이나 터는 배수들 얘기죠. 도방의 대도들을 그런 하찮은 도둑들과 비교하면 안 돼요. 도방은 문규와 철학이 존재하는 엄연한 무림 방파라고요."

장자이가 전에 없이 흥분해 소리쳤다.

"철학?"

"이를테면 이런 것이죠. 보물을 지닌 장원을 발견하고도 혼자서 독차지하지 않은 것은 성(聖)이고, 먼저 들어가는 것은 용(勇)이고, 맨 뒤에 나오는 것은 의(義)이며, 값어치를 판단하는 것은 지(知)이고, 골고루 나누어 갖는 것은 인(仁)이다. 이 다섯 가지를 구비하지 않고서는 대도(大盜)라 할 수 없으니 도방의 방도들은 도행오도(盜行五道)를 엄히 지킬지어다."

"정말 못 들어주겠네. 도둑질이 그냥 도둑질이지 무슨 되지도 않는 개똥철학을 담겠다고. 참나."

매상옥의 입에서 대번에 조롱 섞인 웃음이 터져 나왔다. 장자이가 고리눈을 뜨며 매상옥을 노려보았지만 사실 살극달 역시 속으로는 고소를 지었다.

장자이가 말한 도행오도는 장자(莊子)의 도척(盜跖) 편에 나오는 한 대목을 교묘하게 가져다 쓴 것이기 때문이었다.

도척은 춘추시대(春秋時代)의 도당 구천 명과 떼 지어 다니며 대륙을 휩쓴, 그야말로 날강도나 다름없는 대도적이었다.

그런 사람의 말을 철학으로 삼고 있는 방파가 제대로 된 방파일 리 없었다. 한마디로 눈 가리고 아웅 하자는 수작인데, 역설적으로 그게 도방의 정체성을 잘 나타내 주었다.

여러 말 할 것 없이 도둑 집단인 것이다.

"일전에도 말했지만 그를 만날 수 있다는 보장은 없어요. 그는 수시로 거처를 옮기는데다 설혹 있다고 해도 외인들에 겐 함부로 모습을 드러내지 않으니까요."

"왜 그렇게 어렵지?"

"지존이잖아요."

"지존?"

"그가 바로 도방의 방주예요. 양상군자들 사이에선 그야말로 전설적인 인물이죠. 귀신같은 투도술도 투도술이지만 상대의 머릿속을 꿰뚫어 보는 심안은 따를 자가 없죠. 거기에 타의 추종을 불허하는, 지금까지 단 한 차례도 패한 적이 없는 무적의 경공술을 지니고 있죠. 그가 마음만 먹는다면 세상 어느 곳도 침투할 수 있지만, 세상의 누구도 그의 그림자조차 밟지 못할 걸요."

"심안?"

경공술이 강하다는 말은 살극달의 관심 밖이었다. 천하 대도의 추앙을 받는 인물이니 타의 추종을 불허하는 경공을 지닌 것은 당연하지 않겠는가.

장자이만 해도 자하부의 누구도 따라잡을 수 없는 경공을 지녔으니 도방의 방주쯤 되면 가히 독보적이라 할 수 있을 것이다.

하지만 상대의 머릿속을 꿰뚫어 보는 심안을 지녔다는 말은 상당히 의외였다.

"도둑이 심안은 지녀서 어디다 쓰지?"

"모르시는 말씀. 투도행은 기술이 아니라 심리전이에요. 보물을 지닌 자가 어떤 생각을 하고 있을지를 알아야 보물을 숨겨둔 위치도 알 수 있고, 주인의 동선이라든가 호위들의 배치, 또 그 밖의 여러 가지를 알 수 있죠. 한마디로 지키려는 자와 훔치려는 자의 치열한 머리싸움이라 할 수 있죠."

들고 보니 그럴 듯도 했다.

살극달은 한편으로는 고소를 지으면서도 또 한편으로는 묘하게 도둑들의 세계에 대한 호기심이 일었다.

"어쨌든 내가 할 수 있는 건 그와 만나게 해주는 거예요. 그것마저 가능할지는 모르지만. 이후 그로부터 원하는 걸 얻는 건 오직 당신에게 달렸고요. 한 가지 귀띔을 하자면 그가 차를 내오라고 하면 손님으로 대우를 해주겠다는 뜻이에요."

그렇게 일면은 그럴듯하면서도 또 한편으로는 그야말로 아전인수 격인 장자이의 얘기를 들으면서 걸은 지 반 시진, 갑자기 장자이가 걸음을 뚝 멈췄다.

"여기예요."

일행의 눈에 작은 샛강 너머 울창한 수림에 둘러싸인 고택이 한 채 들어왔다. 강남 특유의 넝쿨식물이 악마의 발톱처럼 사방을 뒤덮은 고택은 족히 오륙백 년은 넘겼을 만큼 오래된 것이었다.

샛강에는 손바닥만 한 배 한 척이 묶여 있었다.

장자이가 앞장서 능숙하게 줄을 풀고 배를 물에 띄웠다. 배를 타고 중간쯤 가자 어디선가 우렁우렁한 음성이 들려왔다.

"돌아가라!"

배에 탄 사람들은 본능적으로 소리가 들려온 곳을 찾으려 했다. 하지만 찾을 수 없었다. 소리는 수림의 어느 한 지점이 아니라 사람들이 타고 있는 배 위 허공에서 들려온 듯했기 때문이다.

텅 빈 허공에 사람이 있을 리 없으니 필시 대기를 진동시켜 소리를 전달하는 명향공(鳴響功)을 펼친 것이다.

"방주를 만나러 왔어요."

장자이가 뱃머리에 서서 말했다.

하지만 대답 대신 돌아온 것은 귀청을 찢는 파공성이었다.

쑤애애액, 팽!

화살 한 대가 장자이의 가랑이 아래에서 꼬리를 파르르 떨고 있었다. 무얼 어떻게 해볼 사이도 없이 찰나에 벌어진 일이었다.

일행은 화살로 대답을 대신한 것보다 상대의 놀라운 궁술에 혀를 내둘렀다.

만약 저 화살이 발치가 아니라 장자이를 향했더라면 그녀는 지금쯤 뱃전에 쓰러져 뒹굴었을 것이 분명하다. 화살은 그만큼 빠르고 파괴적이었다.

이건 경고였다.

계속해서 전진한다면 심장을 꿰뚫어주겠다는 경고. 하지

만 장자이는 한 점의 흔들림도 없었다.

"빙하신투가 왔다고 전해줘요."

쐐애액!

찢어지는 파공성이 다시 울렸다.

이번엔 소리가 더욱 위맹했다. 앞서 포물선을 그리며 장자이의 발아래로 떨어졌던 것과 달리 지금은 그녀의 가슴을 향해 무서운 속도로 날아들었다.

그 순간, 벌떡 일어나며 화살을 낚아채는 이가 있었다.

살극달이었다.

살극달은 낚아챈 화살을 수림 속 교목의 무성한 가지를 향해 힘차게 던졌다. 날아오던 속도 그대로 화살이 대기를 찢으며 날아갔다.

따앙!

번쩍이는 섬광과 함께 교목의 무성한 가지 속에서 쇳소리가 들렸다. 누군가 궁대로 화살을 쳐낸 것이다.

살극달이 우렁우렁한 목소리로 말했다.

"다시 한 번 화살을 쏜다면 일전을 불사하겠다!"

사위가 고요해졌다.

살극달이 이렇게 과격하게 나올 줄 몰랐던 장자이는 당황해하면서도 한편으로는 자신을 지켜주려고 했다는 생각에 은근한 마음이 들었다.

사람들이 초조한 기색으로 기다리는 가운데 잠시 후 건너편 수림에서 예의 그 우렁우렁한 음성이 들려왔다.

"배를 뭍에 대라."

예상했던 대로 웅장했다.

그리고 고아했다.

바깥에서 볼 때와 달리 풀 한 포기 없이 깨끗한 마당엔 연대를 알 수 없는 고대의 석상들이 이끼를 가득 뒤집어쓴 채 도열해 있고, 그 한쪽엔 커다란 연못이 있었는데 물속엔 다채로운 색깔의 이름을 알 수 없는 기묘한 물고기들이 한가롭게 노닐고 있었다.

석상과 물고기에 문외한인 사람이 봐도 보통 값나가는 것이 아니었다.

하지만 사람은 일절 보이지 않았다.

장원의 규모가 작지 않음에도 불구하고 시비는커녕, 장원을 지키는 호위무사 하나 없었다. 마당이 깨끗하게 정돈되지 않았다면 흉가라고 해도 믿을 것 같았다.

잠시 후, 늙수그레한 노인 하나가 반쯤 무너진 돌담 사이로 모습을 드러냈다. 어깨에는 강철 장궁을 가로질러 멘 노인이었는데 좀 전에 보여준 그 놀라운 궁술과는 어울리지 않게 왜소한 체격이었다.

노인은 장자이를 보자 잠시 눈을 찡그렸다.

표정이라기보다는 장자이의 얼굴을 뜯어보려는 심산인 것
같았다. 그러다 잠시 후 비로소 진짜 표정이 나타났다. 그건
당혹감이었다.

"나흘마?"

장자이의 본래 별호 검은 두꺼비 나흘마였다.

아마 노인은 장자이가 빙하신투라고 했을 때 다른 사람이
라고 착각한 모양이었다.

"방주는 계시나요?"

장자이가 볼멘소리로 물었다.

"따라오너라."

그는 비단금침이 깔린 침실의 한 귀퉁이에 마련된 대리석
다탁에서 방만한 자세로 앉아 있었다. 실처럼 가느다란 눈에
부처처럼 늘어진 큰 귀를 제외하면 딱히 특별할 것이 없는 그
가 바로 도방의 방주 독행대도(獨行大盜) 장곡산이었다.

그의 뒤에는 좀 전에 마당에서 만났던 정체불명의 노궁수
가 바위 같은 존재감으로 시립해 있었다. 달라진 것이 있다면
등에 멨던 장궁을 손에 쥐었다는 것이다. 저런 상황이라면 언
제든 화살을 재어 쏠 수 있을 뿐만 아니라, 궁간을 봉처럼 휘
둘러 공격할 수도 있었다.

"네년이 간이 배 밖으로 나온 게로구나."

장곡산이 장자이를 향해 말했다.

도방의 방도 사이에서도 일급 기밀에 해당하는 방주의 거처를 외인들에게 함부로 공개한 것에 대한 경고였다.

"시급을 다투는 일이라 부득불 무례를 저질렀습니다. 용서해 주세요."

"도방에는 변명이 없는 법. 너는 이 죗값을 어떻게 치를 것이냐?"

"어떻게 치르면 되겠습니까?"

"안 본 사이에 얼굴이 제법 반반해졌군."

좌중의 공기가 싸늘하게 식었다.

내실에 들기 직전 장자이는 역용을 지웠다.

도방의 방주를 배알하는데 무례를 저지를 수 없다는 이유에서였는데, 그러자 그녀의 아리따운 용모와 자태가 그대로 드러났다.

늙은이가 아리따운 여인을 두고 얼굴이 반반하다고 말하는 저의가 무엇이겠는가. 한마디로 품겠다는 뜻이다.

살극달은 크게 실망했다.

일 방을 이끄는 방주씩이나 되는 위인의 언사치고는 지나치게 경박한 것이다.

살극달은 섣불리 행동하지 않았다.

지금은 아쉬운 소리를 하기 위해 찾아온 상황. 굳이 싸움을 해야 한다면 가장 마지막 순간이어야 한다. 하지만 그런 것쯤은 신경 쓰지 않는 위인이 있었다.

"쯧쯧쯧."

검노가 혀를 끌끌 찼다.

그새 장자이에게 미운 정이라도 들었는지, 아니면 자신이 무시당했다고 생각했는지 검노는 금방이라도 철구가 든 가죽 주머니를 통째로 후려칠 기세였다.

"귀하는 내게 할 말이 있는 모양이구려."

장곡산이 검노에게로 넌지시 시선을 던졌다.

실처럼 가늘다고 생각했던 그의 눈매는 여전히 동공도 보이지 않을 만큼 가늘었지만 그 기세는 어느새 칼처럼 날카로워져 있었다.

돌변한 기세에 검노는 내심 놀랐다.

'오호, 이것 봐라?'

검노가 무언가 더 말을 하려는데 살극달이 가로챘다.

"내가 빙하신투에게 부탁했소. 그녀가 치를 죗값이 있다면 응당 내가 감당할 것이니 더는 그녀를 다그치지 마시오."

장곡산의 시선이 다시 살극달을 향했다.

여전히 늙은이의 가는 눈이었지만 그 분위기는 검노를 대할 때와는 또 달라져 있었다. 그건 적의와 경계심, 그리고 호기심이 혼재된 눈이었다.

"어떻게 감당할 테지?"

"무엇을 원하시오?"

"원하는 건 무엇이든 할 수 있다는 뜻인가?"

"귀하의 요구가 무리하지 않는 선에서."

"그건 자네의 판단이지 내 판단은 아니잖나."

"귀하의 판단은 관심없소."

"……?"

가늘게 뜬 장곡산의 눈매 사이로 처음 동공이 보였다. 처마 밑에 숨은 뱀의 그것처럼 번뜩이는 동공에선 차디찬 한기가 실처럼 뿜어져 나와 장내를 얼렸다.

그 순간 살극달의 동공도 좁아졌다.

장곡산의 시선이 살극달의 머릿속으로 들어와 관조하는 듯한 느낌을 받았기 때문이다. 장자이가 말한 상대를 꿰뚫어 보는 심안이 이것인 모양이었다.

심안이란 수식으로서의 명칭일 뿐 장곡산이 펼치는 저 안법에는 따로 이름이 있었다.

'사령안(蛇靈眼)!'

살극달의 눈동자에 시퍼런 광채가 맺혔다.

무심한 듯 살극달을 응시하던 장곡산의 눈동자가 더할 수 없이 찢어졌다. 대경실색한 장곡산은 눈까풀 속으로 동공을 게 눈 감추듯 황급히 감추어 버렸다.

조금만 늦었어도 그는 동공이 타는 듯한 고통을 느꼈을 것이다. 살극달이 펼친 한 수는 일양안(日陽眼)이라 부르는 술법으로, 상대로 하여금 태양을 정면으로 바라보는 것과도 같은 고통을 안겨주기 때문이다.

시선을 거둔 장곡산은 갑자기 의미를 알 수 없는 미소를 입가에 걸더니 바깥을 향해 말했다.

"차를 내오너라."

장자이가 말한 승낙의 표시였다.

잠시 후, 여태 한 명도 보이지 않던 시비들이 들어왔다. 차림새는 분명 시비인데, 그 용모는 가히 조빙빙과 장자이에게도 뒤지지 않을 만큼 뛰어난 시비들의 숫자는 모두 일곱이었다.

시비들은 하나같이 손에 무언가를 들고 있었다.

차를 내오라기에 소박하게 주담자와 찻잔을 소반에 받쳐 들고 올 줄 알았더니 전혀 아니올시다였다.

시뻘건 숯불이 담긴 청동 항아리는 차를 달일 때 쓰는 풍로(風爐)였고, 검은 통은 찻잎을 담는 여관(筥肮), 구멍 뚫린 솥은 찻잎을 끓이는 복정(鍑鼎), 길쭉한 쇠 젓가락은 숯을 뒤집는 화협(火筴), 대나무의 양 끝을 잘라 만든 숟가락은 찻잎을 뜨는 다시(茶匙)임이 분명한데 그것 외에도 길고 짧은 것가락이 세 개나 되었고, 갖가지 모양의 그릇과 용도를 알 수 없는 것들도 대략 스무 가지나 되었다.

검노는 과거 혼세신교의 교주로서 사치란 사치는 죄다 누려본 사람이었다. 조빙빙은 자하부의 오공녀로서 검노에 비할 바는 아니었지만, 다도(茶道)에 관해 어느 정도 조예가 있을 수밖에 없었다.

하지만 두 사람은 대체 저게 다 뭐냐는 얼굴로 살극달을 바라보았다. 무려 칠백 년을 살았으니 저 정도는 알 거 아니냐는 뜻이었는데, 살극달로서도 생경하기는 매한가지였다.

수많은 사람을 만나고 수많은 학문을 접했지만 저렇게 복잡한 다기가 존재할 줄은 꿈에도 몰랐다.

하지만 한 가지는 분명했다.

다기들은 고태미(古態美)가 좔좔 흐르는 것이 하나같이 값을 매길 수 없는 고대의 보물이었다. 필시 다도에 광적으로 집착하는 어느 부호의 내실을 턴 모양인데, 웃기는 건 훔친 물건으로 마치 다도에 대단한 조예가 있는 양 으스대는 장곡산의 꼴이었다.

그때 더욱 놀라운 일이 벌어졌다.

"내가 할게요."

장자이가 앉아서 찻물을 끓이려던 시비를 쫓아 보내더니 저 스스로 물을 끓이고 찻잎을 담그기 시작했다.

그 동작이 마치 제 물건을 만지듯 자연스럽고 능숙했다. 사람들의 눈이 다시 한 번 휘둥그레질 수밖에 없었다.

잠시 후 찻잎이 우러나자 방 안엔 말할 수 없이 그윽한 향기가 감돌기 시작했다. 이윽고 장자이가 그녀 자신을 제외한 다섯 사람의 찻잔에 찻물을 차례로 따르기 시작했다.

"이 차의 이름이 무엇인 줄 알겠소?"

장곡산이 자신의 찻잔을 들며 물었다.

아무나 대답해 보라고 한 말이었지만 모두가 꿀 먹은 벙어리였다. 분명 익숙한 향인데 어딘지 모르게 달랐던 것이다.

사람들이 입을 꾹 다물고 있자 장곡산은 오히려 만족스러운 듯 가볍게 웃으며 말을 이었다.

"복건(福建) 우이산(武夷山)의 수령 오백 년 된 차나무에서 극소량으로 생산되는 대홍포(大紅袍)라는 것이외다. 협곡의 바위틈으로 흘러나오는 맑은 물의 정기를 머금은 덕에 이처럼 깨끗한 맛이 나는 게지."

훔친 물건으로 저렇게 뻔뻔하게 생색을 내는 것도 경지라면 경지였다. 천생 도둑인 셈인데 그것을 부끄러워하지 않는 면에서 보자면 살극달은 왠지 장자이와 장곡산이 닮았다는 생각이 들었다.

"마도십병에 대해 알고 싶소."

살극달이 찻잔을 내려놓으며 물었.

쓸데없이 얘기가 길어질 것 같자 본론을 바로 내지른 것이다.

"도둑인 내게 그것을 묻는 것은 마도십병의 소재겠지?"

"그렇소."

"아직도 마도십병을 찾는 사람이 있을 줄은 몰랐군."

"빙하신투의 말이 아무도 그것을 알 수 없지만, 알 수 있는 사람이 군이 한 명 있다면 그건 귀하일 거라고 했소."

장곡산은 장자이를 씹어 먹을 듯 한 번 노려보고는 찻잔을 슬그머니 그녀의 앞으로 밀어놓았다. 장자이가 눈치를 슬금슬금 살피며 찻물을 따라주자 장곡산이 다시 찻잔을 집어 들며 살극달에게 말했다.

"사람을 잘못 찾아왔네. 그걸 알았다면 내가 진작에 훔쳤겠지."

"그중 하나가 자하부에 있었소. 빙하신투는 그걸 알고 찾아왔고."

장곡산의 눈동자가 가늘게 떨렸다.

그가 장자이를 바라보며 물었다.

"그 말이 사실이더냐?"

"마도십병인 줄은 몰랐어요."

"내 말은 네가 자하부의 혈사에 관여했느냐는 뜻이다."

장곡산은 자하부의 혈사에 관해 알고 있었다.

천하를 굽어보는 눈을 지녔다는 도방의 방주이니 이상할 건 없었다. 살극달이 의아하게 생각한 건 장곡산이 자신의 신분에 대해 묻지 않았다는 것이다. 장곡산은 살극달이 자하부에서 왔다는 걸 알고 있었다. 그걸 어떻게 알았을까?

"전 관여하지 않았습니다."

"한데 어찌하여 이들과 함께 있는 것이냐?"

이 대목에서 조빙빙, 매상옥, 검노는 살극달보다 한 박자 늦게 자신들이 자하부에서 왔다는 사실을 장곡산이 알고 있다는 걸 깨달았다.

정말 귀신같은 안목이 아닌가.

"어쩌다 보니 그렇게 되었습니다."

"그래서 훔쳤느뇨?"

장자이는 살극달의 허리춤에 아무렇게나 매달려 있는 사왕검을 은밀히 곁눈질한 후 말했다.

"실패했습니다."

"쯧쯧쯧."

장곡산이 혀를 끌끌 차는 것으로 두 사람의 대화는 일단락되었다. 도둑질에 실패했다고 혀를 찼으니 가히 도둑들다운 대화라고 할 수 있었다.

"처음부터 마도십병이 도적들 사이에서 소문나지는 않았을 거외다. 육십여 년 전 마도십병을 가지고 도주한 사람들은 꼭꼭 숨어 있었을 것이고, 그게 세월이 흐르면서 도둑들에게 조금씩 알려지게 됐겠지. 난 그게 최근 일, 이십 년, 길게 잡아도 삼십 년 안팎이라고 생각하오. 그 시기 안에 수면 위로 떠오른 신병이기에 관한 이야기가 있으면 모두 말해주시오."

살극달이 말했다.

"그럴듯한 추리지만 지나친 논리의 비약일세. 세상의 신병이기가 한둘이 아니며, 떠도는 소문 또한 한둘이 아닌데 그걸 어찌 다 일일이 열거한단 말인가."

"귀하가 훔칠 수 없는 곳이라는 전제를 달면?"

앞서 장곡산은 마도십병의 위치를 알면 자신이 훔쳤을 거라고 했다. 하지만 살극달은 그게 거짓말이라고 생각했다.

천재성이란 집착에서부터 비롯된다. 그리고 세상의 천재는 어느 한 분야에만 존재하는 것이 아니다. 검노처럼 싸움에 비정상적으로 집착하는 사람이 있는가 하면, 공자나 맹자처럼 학문에 집착해 마침내 성인으로 불리는 사람도 있다.

장곡산은 하오문이 영역이었던 도계에서 독립해 도둑질 하나로 일가를 이룬 천재다. 그런 그라면 남들과는 다른 안목과 통찰력을 지녔을 것은 당연했다.

그리고 자존감이 있을 것이다.

지난 백여 년간의 무림사를 통틀어 마도십병만큼 가치를 지닌 보물은 없다. 모든 도둑의 왕인 그가 마도십병의 소재를 두고 조사를 해보지 않았을 리가 없는 것이다.

그럼에도 불구하고 아직 손에 넣지 못한 이유는 하나밖에 없다. 마도십병이 천하의 도왕도 어찌해 볼 수 없는 곳에 있다는 것.

과연 장곡산이 반응을 보였다.

그는 기묘한 시선으로 살극달을 응시하며 물었다.

"마도십병은 왜 찾는 것인가?"

"귀하가 상관할 바 아니오."

"거래를 할 줄 모르는군. 가는 것이 있으면 오는 것이 있어야지."

"더는 눈꼴시어 못 들어주겠군."

참다못한 검노가 벌떡 일어났다.

그는 다짜고짜 장곡산을 향해 삿대질하며 버럭버럭 고함을 질렀다.

"야, 이 도둑놈아! 알면 알고 모르면 모를 것이지 뭔 놈의 잡설이 그렇게 많은 것이냐. 본좌가 힘이 없어서 네놈 투정을 꼬박꼬박 들어주는 줄 아느냐. 장자이의 면이 아니었다면 내 당장에 네놈을 요절냈을 것이다."

"말이 거친 늙은이로군."

"이놈이!"

검노는 눈앞에 가득한 다기들을 훌쩍 뛰어넘어 장곡산의

멱살을 틀어쥐며 말했다.

"창자를 꺼내 찻물에 헹궈 버리기 전에 냉큼 말하지 못할
까?"

그때쯤엔 검노의 관자놀이에 화살 한 대가 겨누어져 있었
다. 줄곧 장곡산의 뒤쪽에 시립해 있던 초로의 궁수가 검노의
발작을 느끼는 순간 벼락처럼 화살을 재고 시위를 당겼던 것
이다.

장곡산이 손바닥을 내밀어 초로의 궁사를 진정시켰다. 이
어 그는 멱살을 잡히는 수모에도 불구하고 눈썹 하나 까딱 않
고 말했다.

"자하부에 늙은 괴물이 하나 나타났다더니 당신이로군. 무
공은 하늘을 찌를지 모르나 어리석기는 고금에 비할 바가 없
도다."

장곡산이 대나무 뿌리처럼 굳센 검노의 손가락을 아무렇
지도 않게 하나씩 풀기 시작했다. 놀라운 것은 마교의 교주였
던 검노가 그것을 가만히 당하고 있기만 했다는 것이다.

그뿐만 아니라 사지가 통나무처럼 뻣뻣하게 굳은 듯 옴짝
달싹 못했다. 혀도 굳어버린 듯 연거푸 입술을 씰룩거렸지만
음성은 흘러나오질 않았다.

마혈과 아혈을 동시에 짚은 것이다.

살극달은 진심으로 놀랐다.

검노와 같은 위인을 혈도로 제압한다는 것은 거의 불가능에 가까웠다. 상대가 혈도를 짚도록 검노가 빈틈을 허용할 리도 없거니와 설사 그것이 가능하다고 해도 이미 혈도의 위치를 자유자재로 움직일 수 있는 경지에 든 검노에게는 어지간한 점혈법이 통하질 않았다.

하지만 장곡산은 했다.

그것도 살극달조차 눈치채지 못할 만큼 감쪽같이. 이 정도면 무적의 점혈법이라 할 수 있었다.

"그대들이 자하부에서 온 사람들이라는 걸 알고 있다. 하지만 나를 일개 도둑쯤으로 생각했다면 오산이다."

말이 떨어지기가 무섭게 매상옥이 픽 쓰러졌다. 찻잔을 씻고 남은 물을 담는 함지박에 얼굴을 처박았는데 저대로 두면 죽을 게 뻔했다. 접시 물에 코 박고 죽는다는 것이 바로 그 짝이었다.

조빙빙이 황급히 매상옥을 밀치고 검을 뽑아갔다. 하지만 그녀 역시 검을 다 뽑기도 전에 엎어져 버렸다.

찻물에 독을 탄 것이다.

"방주님!"

장자이가 벌떡 일어나며 외쳤다.

하지만 장곡산의 시선은 살극달에게 꽂혀 있었다. 모두가 쓰러지는 와중에도 살극달만큼은 고요한 자세로 앉아 찻잔에 남은 찻물을 마저 비우고 있었기 때문이다.

"금와홍독산(金蛙紅毒酸)을 어떻게 견딜 수 있는 거지?"

사실 살극달은 만독지체까지는 아니어도 천독지체쯤은 된다. 장자이가 펼친 몽혼산은 부지불식간에 당한 터라 그야말로 속수무책이었지만, 상대가 독공을 쓸 것을 감지했다면 미리 기운을 모아 독이 침투하는 순간 태워 버릴 만한 힘이 그에겐 있었다. 독이 혈관 속으로 스며들기 전에 처리해 버리는 것이다.

처음 이 방 안으로 들어서는 순간 살극달은 장곡산이 만만치 않은 인물이라는 걸 알았고, 어떤 식으로든 대비할 것도 짐작했다.

무력으로는 모두를 감당할 수 없으니 결국엔 독을 쓸 것이라 예상했는데, 그대로 맞아떨어진 것이다.

"난 귀하와 싸우러 온 것이 아니요. 다만 귀하의 정보력과 통찰력을 빌리고자 했을 뿐. 하지만 내 동료 중 한 사람이라도 목숨을 잃는다면 맹세코 도방은 멸문지화를 당할 것이외다."

"자신만만하군."

"내겐 그럴 만한 힘이 있소."

"강호가 그렇게 호락호락한 곳인 줄 아는가?"

"한번 해보겠소?"

"뭔가 착각을 하는 모양인데, 칼자루를 쥔 사람은 나다."

그 순간, 살극달이 앉은 자세에서 벼락처럼 튀어 오르며 허공에서 공중제비를 돌았다. 원심력이 최고조에 이르는 순간 쭉 뻗은 살극달의 발끝이 장곡산의 턱을 갈겨 버렸다.

빡!

둔탁한 소리와 함께 장곡산이 벌러덩 나가떨어져 버렸다. 대경실색한 초로의 궁사가 화살을 재빨리 살극달에게로 옮겼고, 장자이가 찢어지는 비명을 질렀다.

"아버지!"

第八章
그날 밤 무슨 일이 있었다

턱을 광목으로 휘감은 장곡산은 떨떠름한 얼굴로 앉아 있었다. 검노, 조빙빙, 매상옥은 뭐 이런 일이 다 있느냐는 얼굴로 장곡산과 살극달을 번갈아 보았다.

도왕 장곡산이 장자이의 아비일 줄은 꿈에도 몰랐던 살극달은 그야말로 난감하기 짝이 없었다.

"진작 말씀을 하시지……."

살극달이 조심스럽게 말했다.

장자이가 눈을 쪽 찢으며 살극달을 노려보았다.

"대체 왜 그러신 겁니까?"

다시 살극달이 물었다.

"시험을 해보고 싶었네."

장곡산이 말했다.

"무얼 시험한다는 거요?"

"내가 도왕이라는 걸 아는 사람은 천하를 통틀어 열 명도 채 되지 않네. 그중 한 놈이 바로 저 녀석이지. 한데 저 녀석이 누구의 방문도 받지 않는다는 방규를 깨고 이례적으로……."

"이러다가 날 새겠어요. 여기 온 지가 언제인데 아직까지 다들 딴소리들만 하고 있으니. 쓸데없는 얘기들은 다음으로 미루고 어서 본론이나 얘기해 봐요. 궁금해 죽겠단 말이에요."

갑자기 장자이가 가로지르고 들어오는 바람에 장곡산의 말이 끊어졌다. 그는 아비가 다쳤는데 신경도 쓰이지 않느냐는 듯 섭섭한 눈길로 장자이를 바라보다가 이윽고 입을 열었다.

"알았다."

하지만 즉각적인 대답은 나오지 않았다.

장곡산은 한동안 눈을 감고 생각에 잠기더니 더할 수 없이 느릿느릿한 음성으로 말을 이었다.

"최근 이삼십 년 사이에 신병이기를 지닌 것으로 떠오른 문파는 대략 사십여 군데가 넘을 것이오. 하지만 등급에 따라 차등을 두고 선별을 하면 결국엔 열 곳 정도만 남지."

"어떤 곳들이오?"

살극달이 물었다.

사람들의 숨소리가 점점 잦아들었다.

한때 세상을 떠들썩하게 만들었던 마도십병의 실체가 드러날지도 모른다는 생각에 심장이 벌렁거렸기 때문이다.

그리고 이어지는 장곡산의 대답은 정말로 심장이 튀어나올 것처럼 놀라운 것이었다.

"산동의 제검성(帝劍城), 산서의 녹류산장(綠流山莊), 하남의 신비루(神秘樓), 섬서의 제왕곡(帝王谷), 사천의 검각(劍閣), 운남의 천룡문(天龍門), 호광의 은하검문(銀河劍門), 강서의 철기보(鐵騎堡), 남직예의 강동석가(江東石家), 그리고 귀주의 자하부일세."

"천하십패!"

장자이의 말이 끝날 때쯤 흘러나온 조빙빙의 한마디가 좌중을 쩌정쩡 얼려 버렸다.

말인즉슨, 혼세마왕이 대륙을 가로지른 일대 사건의 여파로 구대문파가 주춤하는 사이 그들의 각종 이권을 잠식하며 강호의 새로운 주역으로 성장한 천하십패가 마도십병을 가지고 있다는 것이다.

그들이 어떻게 마도십병을 손에 넣게 되었는지는 알 수 없다. 어쩌면 자하부의 뇌정신군처럼 강호행을 하는 도중 우연히 만난 마인으로부터 사왕검을 탈취했을 수도 있고, 아니면 그들 자신이 적극적으로 마도십병을 찾아나섰을 수도 있다.

문제는 천하십패와 마도십병이라는 연결이 우연이라고 하기에는 지나치게 묘하다는 것이다.

"확실하오?"

살극달이 물었다.

"확실하다."

"근거는?"

"내 눈으로 직접 보았으니까."

"그들 열 곳의 문파에 잠입했다는 뜻이오?"

"딱 한 곳, 자하부만 빼면 그렇지."

"하면 왜 훔치지 않았소?"

"십패의 패주들이 언제나 지니고 다녔으니까."

"마도십병을 지니고 다니면 알아보는 사람들이 있을 텐데?"

"마도십병은 과거의 대마두들의 무용담을 통해 전설로만 전해졌을 뿐, 실제로 그것을 본 사람은 그리 많지 않네. 물론 눈썰미가 있는 사람이라면 전해 들은 얘기만으로도 한 번쯤 의심을 해볼 수는 있겠지. 하지만 검파를 바꾸고, 수실을 바꾸고, 검갑을 바꾼다면 천하의 누가 그것을 알아볼 수 있겠소."

"전혀 다른 모양의 병기로 개조를 했다."

"모양이 바뀐다고 그 마성까지 사라지는 것은 아니지."

과연 그런 듯도 했다.

살극달이 독고설란에게 받은 사왕검만 해도 마도십병의 하나라고 보기엔 너무나 평범했다.

살극달이 검노를 돌아보며 물었다.

"중원무림의 백 개 방파가 백백궁을 기습한 그날 밤, 백백교의 생존자들이 마도십병을 들고 뿔뿔이 흩어졌다고 하지 않았소?"

"그랬지."

"한데 왜 얘기가 다르오?"

"내가 그걸 어떻게 알아?"

"도대체 제대로 아는 게 뭐요?"

"이익!"

검노가 어금니를 빠드득 갈았지만 마땅히 반박할 말이 없었다.

"검노 선배의 탓이 아니에요. 강호엔 분명 그렇게 소문이 났고 저도 들었어요. 그 소문을 듣고 마도십병에 눈이 뒤집힌 수많은 문파와 독보강호하던 고수들이 그들을 추격했죠. 물론 단 하나도 손에 넣지 못했지만."

장자이가 맞장구를 쳐주었다.

검노가 네년이 웬일이냐는 얼굴로 장자이를 바라보는 사이 매상옥과 조빙빙도 고개를 끄덕여 동의를 표시했다.

지금은 사람들의 기억 속에서 잊혀가는 무림사의 한 토막이었지만 세 사람은 분명 그렇게 알고 있었다.

"하지만 마도십병은 십패의 수중에 있어. 장자이는 그걸 몰랐고, 장자이가 몰랐으니 강호인 중 누구도 그걸 아는 사람이 없다고 봐야겠지. 왜일까?"

살극달이 말했다.

검노는 줄곧 귀도성에 갇혀 있었던 탓에 강호의 사정에 어두웠다. 하지만 조빙빙, 장자이, 매상옥은 살극달의 말 속에 무언가 간단치 않은 의미가 스며 있음을 직감했다.

"머리 아프게시리 자꾸 묻지 말고 네가 아는 바를 얘기해. 우리 모두의 머리를 합쳐 봐야 네놈 발끝에도 못 따라가니까."

검노가 말했다.

"내 짐작이 틀리지 않다면 마도십병은 백 개의 문파가 백백궁을 기습한 그날 십패의 수중으로 떨어졌소."

"그랬다면 백백교의 생존자들이 마도십병을 들고 천하 각지로 흩어졌다는 소문은 왜 나온 거죠?"

조빙빙이 물었다.

"누군가 시선을 돌리기 위해 의도적으로 퍼뜨린 헛소문이었겠지. 아니면 그렇게 오인하도록 연극을 했을 수도 있고."

"대체 왜……?"

"그날 밤 사람들이 알지 못하는 사이에 무슨 일이 있었던 것 같소."

사람들은 충격에 빠졌다.

짧은 시간 동안 워낙 여러 가지 일을 겪은 터라 잊고 있었는데 살극달의 말을 듣고 보니 과연 이상하지 않는가.

"어쨌거나 수라마군은 천하십패를 하나씩 찾아다니겠군. 그 첫 번째는 자하부에서 가장 가까운 곳이 될 테고."

검노가 말했다.

"그렇지 않을 수도 있소."

장곡산이 말했다.

지금은 장자이로부터 자하부에서 있었던 일과 수라마군으로 짐작되는 인물에 대해서 그 역시 어느 정도 들은 상황이었다.

사람들의 시선이 일제히 그를 향했다.

"천하십패는 삼 년마다 한 번씩 성라대연(星羅大宴)을 여는데, 올해가 바로 그 삼 년째 되는 해이외다. 이번엔 남직예의 강동석가에서 개최되지."

"성라대연이 무엇이오?"

살극달이 물었다.

이번엔 장자이가 대답을 가로챘다.

"말 그대로 전 무림의 별들이 참가하는 무림대회죠. 혼돈의 시대를 종식하기 위해 십 년 전 천하십패가 만들었어요."

"혼돈의 시대를 종식하기 위해 만든 무림대회?"

"그 이야기를 하자면 육십여 년 전으로 거슬러 올라가요. 중원무림의 백 개 방파가 백백궁을 기습한 후 중원무림엔 일대 지각 변동이 일어났어요. 구대문파와 오대세가로 대변되는 강호의 전통적인 질서가 흔들리면서 백백궁의 혈사 당시 혁혁한 공을 세운 여타의 문파들이 구대문파와 오대세가가 장악하고 있던 이권을 하나씩 잠식해 가기 시작한 거죠. 그러자 어느 순간부터 그들 사이에서도 알력이 생겨났죠. 급기야 그들은 세를 불리기 위해 흑도의 고수들에게도 문호를 개방하는 극단의 선택도 마다하지 않았죠. 마(魔)를 뿌리 뽑겠다며 백백궁을 기습해 놓고 정작 그 자신들이 흑도를 흡수하는 웃지 못할 상황이 벌어진 거죠. 물론 마도와 흑도는 다르다고 하지만 그거야 이현령비현령(耳懸鈴鼻懸鈴)인 법이니까요."

"그 결과가 십패의 천하다?"

"꼭 그렇진 않아요. 용과 호랑이가 득시글대는 구대문파인데 그렇게 쉽게 몰락할 리 있겠어요? 오히려 구대문파와 오대세가는 조용히 힘을 키워간 반면, 강호의 도의를 무시하고 경쟁적으로 세를 불리던 문파들은 결국 자신들끼리 전쟁을 벌였고, 그 결과 무림은 백백궁의 혈사가 있기 전의 시대로 되돌아가는 듯했죠. 한데 그 무렵 강호사에 유례가 없는 일대 괴사건이 벌어졌어요."

"그게 뭐지?"

"백백궁의 혈사가 있은 지 오십 년 후, 지금으로부터 십여 년 전 괴이한 인물 하나가 일만 마병을 이끌고 대륙을 가로지른 거예요. 그들 스스로는 혼세신교라고 하는데, 식견이 있는 무림인들의 평은 도적떼에 더 가까웠다는 것이에요."

"도, 도적떼라니, 그들이 무얼 훔쳤기에 도적떼라고 하는 것이냐?"

검노가 어금니를 빠드득 갈며 말했다.

"그런데 왜 그렇게 화를 내세요?"

"내가 언제 화를 냈다고 그래!"

"지금도 화를 내고 계시잖아요."

"이익!"

검노가 두 주먹을 불끈 말아 쥐었지만 더는 따지고 들 수가 없었다. 살극달이 착 가라앉은 눈빛으로 검노의 입을 쳐다보고 있었기 때문이다.

장자이는 검노를 향해 눈을 한 번 흘겨주고는 다시 살극달에게로 고개를 돌렸다. 그리고 더욱 다정한 목소리로 말을 이어갔다.

"무얼 훔치거나 약탈하지는 않았지만 그렇다고 달리 뭘 한 것도 없어요. 그냥 싸우고 때려 부수며 대륙을 질주한 것 외에는. 하다못해 천하제패라는 기치라도 있어야 하는데 그런 것도 없었다더라고요. 풍월에 듣기론 마도의 성지 십만대산에 성을 지으려고 했다는데, 그 바람에 십만대산이 있는 광서의 밀림까지 들어갔다가 정체불명의 은둔고수를 만나 몰살을 당해 버렸지요. 바로 전쟁의 신 노룡 말이에요."

이 대목에서 검노는 불현듯 지난날의 기억이 주마등처럼 스쳐 갔다. 생각만 해도 치가 떨리는 밀림에서의 패배와 그걸 한낱 도둑떼의 질주쯤으로 여기는 무림인들의 평에 그는 말도 못하고 눈까풀만 파르르 떨었다.

"그 얘긴 그쯤 하고, 그래서 어떻게 되었는데?"

살극달이 샛길로 빠진 이야기를 다시 줄기로 되돌려 놓았다.

"어쨌든 오랜 전쟁의 여파로 피로에 젖었던 중소 문파들은 격돌을 피한 채 조용히 태풍이 지나가길 기다렸어요. 하지만 구대문파와 오대세가는 그렇지 않았어요. 무려 오십 년 동안이나 힘을 축적한 그들은 이번에야말로 강호의 진정한 주인이 누구인지를 보여주겠다는 심산인 것처럼 중원 곳곳에서 일만 마병과 전투를 벌였죠. 한데 그들이 생각보다 강했던 거예요."

강했을 뿐만 아니라 실제로도 많은 고수가 죽었다. 그 여파로 구대문파와 오대세가는 심대한 타격을 입었고, 그 틈을 타 소강상태였던 중소 문파들은 다시 야망을 드러냈다.

결국 역사가 그대로 되풀이된 셈인데, 여기에는 예전과 달라진 게 하나 있었다. 치열하게 경쟁하던 중소 문파들이 강력한 하나의 문파를 중심으로 뭉치기 시작한 것이다.

십패의 탄생이었다.

"하지만 전쟁은 끝나지 않았죠. 십패는 구주(九州)를 나누어 가졌고, 구대문파와 오대세가를 견제할 때는 똘똘 뭉치는 한편, 그들 사이에서도 전쟁을 방불케 하는 싸움을 음으로 양으로 펼치고 있어요. 비록 그 위세가 크게 수축하였다고는 하나 구대문파와 오대세가가 여전히 건재한 상황에서 공멸하지 않기 위해 확전을 피하고만 있을 뿐."

"그게 성라대연과 무슨 관련이 있는 거지?"

"성라대연은 확전을 막기 위한 고육지책이에요. 서로가 불편한 관계를 무림대회로 승화시키자는 취지지만 실상은 공정한 비무를 통해 복수도 하고, 자신들의 세를 떨치는가 하면 상대의 기를 꺾으려는 수작이죠."

"치열하겠군."

"치열할 수밖에요. 성라대연의 비무연은 단순한 대련이 아니라 문파의 사활이 걸려 있는 생존의 문제예요. 실제로 사람이 죽어나가는 경우도 허다하고."

"사람이 죽어나가?"

"전체 칠 주야 동안 열리는 무림대회 중 제일의 백미는 용봉지연(龍鳳之鍊)이라 불리는 비무대회예요. 말 그대로 다음 세대를 이끌 용과 봉황의 경연장인데, 이 비무연에서 죽어나가는 사람의 숫자가 적지 않아요. 제왕곡의 곡주도 삼 년 전 첫째 아들을 잃었죠. 녹류산장의 장주는 셋째 아들을, 신비루의 루주는 적전제자를 잃었어요. 육 년 전 첫 번째 비무대회에서는 검각과 천룡문, 은하검문, 철기보 등에서 혈족이나 적전제자들을 잃었죠. 유일하게 혈족을 잃지 않은 곳은 산동의 제검성과 남직예의 강동석가, 그리고 귀주의 자하부뿐이에요."

"자하부도 참가를 했었나?"

"물론이죠. 두 번째 성라대연에서 일공자 이천풍이 녹류산장의 셋째 아들을 삼백여 초식을 싸운 끝에 죽인 사건은 지금도 유명하죠."

살극달은 조용히 조빙빙을 돌아보았다.

조빙빙은 말없이 고개를 숙임으로써 장자이의 말이 사실이라는 걸 증명해 주었다.

"그러니 삼 년마다 열리는 용봉지연이 얼마나 치열하겠어요. 그건 비무연이라기보다 차라리 복수전에 가깝죠. 거기에 앙심을 품고 자객을 보내고, 국지전을 일으키고, 또 그것에 앙심을 품고 용봉지연에서 복수를 하는 양상이 되풀이되는 게 지금의 무림이에요. 천하의 군웅들은 바로 그걸 구경하기 위해 성라대연에 구름처럼 몰려드는 것이고요."

장자이가 말했다.

살극달은 저도 모르게 고개를 끄덕였다.

"개판이로군."

검노가 한마디를 했다.

어쩌면 작금의 무림을 가장 잘 표현한 한마디일지도 몰랐다. 살극달이 생각하기에도 정말 개판이었으니까. 저들은 수라마군이 등장했다는 걸 도대체 짐작이나 하고 있을까?

"성라대연은 언제 열리지?"

"여름이 끝나고 찬 이슬이 내리는 한로(寒露)에 시작하니 보름 후가 되겠네요."

마도십병은 천하십패의 패주들이 가지고 있고, 그들은 보름 후 강동석가에서 성라대연을 연다. 그들은 복수에 혈안이 되어 어떤 먹구름이 강호를 향해 다가오는지 짐작조차 못하고 있다.

수라마군이 이 기회를 놓칠 리 없다.

사람들은 상황이 생각보다 급박하게 돌아가고 있음을 깨달았다. 그리고 미지의 세력이 사왕검을 탈취하려 한다는 작은 단서 하나에서 시작해 여기까지 오게 된 살극달의 지력에 다시 한 번 감탄했다.

"이제 어떻게 하죠?"

조빙빙이 물었다.

"강동석가로 가야겠소."

말이 끝나기 무섭게 살극달은 장곡산에게 감사의 포권지례를 한 후 자리를 박차고 나섰다. 검노와 매상옥, 조빙빙이 뒤를 따랐다.

사람들이 나가고 난 방 안엔 장곡산과 장자이, 그리고 초로의 궁사만 남게 되었다.

"어때요?"

장자이가 물었다.

"흑도의 그 많은 정영(精英)들을 마다하던 네가 웬일이냐? 사내를 다 데려오고. 내일은 아무래도 해가 동쪽에서 뜰 모양이로구나."

"코흘리개들 얘기는 꺼내지도 마세요. 아비 잘 만난 덕에 자기가 최고인 줄 착각하는 풋내기들 따윈 관심도 없어요."

"그래서 그는 성에 차고?"

"나이가 좀 많은 게 흠인데……."

"그건 염려 마라. 관상을 보아하니 천수를 넘어서도 살 것 같더라. 내 평생 저렇게 명이 긴 상(相)은 처음 보았다. 모르긴 몰라도 너보단 오래 살 게다."

"그래서 어떻다는 거죠?"

"확실히 비범한 놈이긴 하다."

"비범할 수밖에요. 천하의 노룡이 비범하지 않다면 누가 비범하겠어요?"

"그게… 무슨 말이냐?"

장곡산의 가느다란 눈이 번쩍 뜨였다.

"제 짐작이 틀리지 않다면 그가 바로 십 년 전 일만 마병을 흑수하의 강물에 쓸려 보낸 전쟁의 신 노룡이에요."

*　　　*　　　*

하나로 합쳐진다는 이름처럼 동화강(同和江)의 물줄기는 북동으로 향하는 동안 크고 작은 강들과 합쳐져서 종래에는 장강으로 흘러든다.

장강을 앞둔 동화강의 어느 강변에 작은 거룻배 한 척이 정박해 있었다. 배에는 구 인의 사내가 타고 있었다. 사흘 전 천년부호를 빠져나온 데뭉게의 수하들이었다.

차양으로 대충 볕을 가린 갑판에는 한 사람이 누워 있었다.

살극달에게 칼침을 세 방이나 맞고 사경을 헤매다 가까스로 살아난 엽사담이었다.

지난 엿새 동안 금창약을 발라 출혈을 멈추게 한 것 외에는 별다른 약재를 쓰지 않았지만 엽사담은 기적처럼 회생했다.

데뭉게가 이적을 펼쳤기 때문이다.

그 과정은 이랬다.

데뭉게는 엽사담의 상처 부위에 장심을 대고 진기를 불어넣었다. 그러자 푸르스름한 광채가 상처 부위를 에워싸더니 새살이 돋아나 갈라진 부위를 조금씩 메우기 시작했다. 잠시 후엔 엽사담이 검붉은 핏물을 한 바가지나 토해냈다.

그런 식으로 데뭉게는 무려 아홉 번이나 상처를 만졌고, 마침내 닷새째 되는 날 엽사담은 거짓말처럼 자리에서 일어나 앉았다.

죽어도 골백번은 죽었어야 할 자가 살아난 것이다.

뱃전에 부딪치는 파도 소리 외에는 사위가 고요한 가운데 구 인은 데뭉게가 없는 틈을 타 갑판에 모여 술을 나누었다.

은발의 수염에 멋들어진 용두장도를 든 노인과 얼굴의 반쪽을 강철 투구로 가린 장년의 검사, 짝 째진 눈이 오싹한 느낌이 드는 말라깽이, 작달막한 초자곤을 든 꼽추, 백 근의 장창을 다루는 거한, 뾰족한 갈고리가 달린 괴를 든 미공자, 만년거암도 쪼갤 듯한 대부(大斧)를 든 장한, 제 키에 육박하는 장궁(長弓)을 든 묘령의 여인, 끝이 세 갈래로 뾰족하게 갈라진 이랑도(二郞刀)의 사내였다.

이들 아홉에 엽사담을 합치면 딱 십 인이 된다.

정확한 명칭은 십비영(十秘影), 데뭉게를 그림자처럼 따르며 수호하는 것이 이들의 주된 임무였다. 나이를 철저히 무시하고 오로지 실력에 의해서만 정해진 서열에 따라 용두장도의 노인 홍적산은 일비영이 되고 막내인 엽사담은 십비영이 되었다.

뇌정신군의 진전을 이은 다섯 제자 중 세 번째인 엽사담이 이곳에선 겨우 막내인 상황은 이들 십비영이 강호에서 좀처럼 찾아볼 수 없는 강자들인 탓에 만들어졌다.

"이건 뭔가 아닌 것 같지 않아?"

찢어진 눈에서 살기가 흐르는 삼비영 고독룡이 그 얼굴만큼이나 섬뜩한 목소리를 흘렸다.

"뭐가 말이오?"

백 근의 장창을 다루는 거한이 어눌한 한어로 물었다. 앞머리와 옆머리를 바싹 밀어버리고 남은 머리를 뒤로 길게 땋아 늘인, 이른바 변발을 한 그는 몽골족이다. 직위는 오비영, 이름은 홍비쉬였다.

홍비쉬는 몽골 말로 사람이 아니라는 뜻인데, 도저히 인간이라고 볼 수 없을 만큼의 괴력을 지녔기 때문에 그렇게 불렸다.

"그를 그냥 살려 보냈어."

"그라면 늪에서 만났던 그 괴물 말이오?"

"그를 살려 보냈다는 것은 자하부를 치지 않겠다는 뜻이고, 사왕검도 빼앗지 않겠다는 뜻이지."

"그게 어때서?"

"멍청한 놈."

멍청하다는 한마디에 홍비쉬의 얼굴이 붉게 물들었다. 삼비영 고독룡의 칼질이 예사롭지 않은 탓에 윗줄에 놓긴 했지만, 누구에게도 이런 대접을 받을 홍비쉬가 아니었다.

하지만 고독룡은 홍비쉬의 기분 따윈 아랑곳하지 않고 말을 이어나갔다.

"엽사담을 포함해 우리는 모두 열 명이다. 하지만 남은 마도의 신병은 이제 아홉 개야. 그걸 어떻게 나눌 거 같아?"

"누군가 한 명은 닭 쫓던 개 신세가 되겠지."

말을 한 사람은 초자곤을 든 꼽추, 사비영 맹조였다. 그는 초자곤의 숭숭 박힌 쇠못에 기름을 먹이고 있었다. 고독룡이 맹조를 힐끗 바라본 후 계속 말을 이었다.

"애초 우리가 그분을 주공으로 모신 것은 마도십병을 주겠다는 약속 때문이었어. 하지만 주공은 초장부터 약속을 지키지 않았어."

"그건 엽사담이 실패했기 때문 아닌가?"

다시 맹조가 말했다.

그가 말한 엽사담은 갑판의 한쪽에 누워 사람들이 나누는 대화를 똑똑히 듣고 있었다. 하지만 그는 아무런 항거도 하지 못했다.

그가 가장 서열이 낮은 십비영이기 때문만은 아니었다. 자하부를 장악하고 사왕검을 손에 넣으라는 명령을 실패한 것은 그 어떤 말로도 변명이 될 수 없었다.

하지만 고독룡은 그런 엽사담의 생각 따윈 역시나 아무런 관심이 없었다. 그의 관심은 맹조의 불손한 어투에 쏠려 있었다.

"맹조, 아까부터 계속 말이 짧다."

고독룡이 참지 못하고 살기를 흘렸다.

실력에 따라 고독룡이 삼비영이 되고 맹조가 사비영이 되었지만 나이는 맹조가 열 살이나 많았다.

"혼잣말이오. 딱히 하대할 생각은 없는."

"누굴 병신으로 아는 거야?"

"뭘 그렇게 화를 내실 것까지야……."

"네가 아무래도 뜨거운 맛을 봐야 말귀를 알아들을 모양이지?"

말과 함께 고독룡이 한쪽 어깨에 세워놓은 도갑을 슬며시

집어갔다. 맹조 역시 쇠못을 닦는 와중에도 한 손은 초자곤의 하단을 움켜잡았다.

일비영부터 십비영까지 서열이 정해지기는 했지만 워낙 개성이 강한데다 천하가 좁다고 독보강호하던 흑도들이라 하나같이 자존심이 극도로 강했다.

"다들 그만둬!"

일촉즉발의 순간 용두장도를 든 일비영 홍적산이 말했다. 나이로 보나 무공으로 보나 이곳에 모인 아홉 명 중 그를 상대할 수 있는 사람은 없었다.

유일하게 한 사람이 있다면 강철 투구로 얼굴의 절반을 가린 이비영 목추경이었다.

그는 홍적산과 비슷한 연배임에도 불구하고 홍적산이 자신보다 강호의 경험이 많다는 이유로 십비영의 수장 자리를 양보했다.

실력을 겨뤄보지도 않고 말이다.

이곳에 모인 사람들은 서로의 내력을 어느 정도 알고 있었다. 하지만 목추경의 내력에 대해서는 아는 사람이 없었다. 심지어 그가 데뭉게와 어떤 인연으로 합류하게 되었는지조차 알지 못했다.

사람들이 유일하게 아는 것이라곤, 그가 결코 홍적산의 아래가 아니라는 것, 일신의 무공을 상당수 감추고 있다는 정도였다.

하지만 목추경은 아무런 말도 않고 난간에 기대어 눈을 감고 있었다. 사람들 사이에 오가는 이야기를 듣지 못했을 리 만무하건만 그는 어떤 의견을 내놓지도, 참견도 하지 않았다.

그는 매사가 그런 식이었다.

화를 내는 법도 없고, 무언가 불평을 하는 법도 없었다. 십비영의 차석을 차지하고도 언제나 고요한 호수처럼 있는 듯 마는 듯 지내는 이가 바로 그였다.

어쨌거나 홍적산의 한마디에 고독룡과 맹조 사이에서 벌어지던 긴장이 식었다. 하지만 고독룡은 아무래도 성에 차지 않는지 이번엔 홍적산을 보며 따졌다.

"이건 그냥 넘어갈 문제가 아니오. 일 처리는 이렇게 하는 게 아니지요. 아닌 말로, 다음번 마도의 신병을 발견했을 때도 자하부에서처럼 어영부영 넘어가 버리면 우린 뭐가 되는 겁니까?"

"그만하라는 내 말을 못 들었느냐?"

"마냥 윽박지르고 넘어갈 일이 아니오. 당장 눈앞의 일도 문제외다. 엽사담이 죽었다면 또 모를까, 시체나 다름없는 그를 살려놓은 상황에서 사람은 열 명인데 마도의 신병은 이제 아홉 개밖에 남지 않았소. 거사를 치른 후 공평한 분배가 이루어지리라고 보시오?"

"이놈이 그래도!"

스캉!

홍적산이 벌떡 일어나며 칼을 뽑았다.

하지만 그는 칼을 휘두르지 못했다.

고독룡의 뒤편, 배가 정박한 숲으로부터 백의 장포를 입은 데뭉게가 은발을 나부끼며 걸어나오고 있었기 때문이다.

배를 정박한 후 주변의 지형을 둘러보고 오겠다며 간 그가 지금 막 돌아온 것이다.

그가 나타나자 사람들이 일제히 일어나 시립했다. 좀 전의 살벌한 분위기는 온데간데없고 다들 사색이 되었다. 데뭉게 가 자신들의 대화를 들었는지, 들었다면 어디까지 들었는지 종잡을 수가 없기 때문이었다.

그의 기척을 알아차리지 못한 것이 실수다.

하긴, 기감을 끌어올린다 한들 그가 작심하고 숨긴다면 천 하의 누가 그의 접근을 알아차릴 것인가.

"상처는 어떤가?"

데뭉게가 뱃전에 올라서며 엽사담에게 물었다.

"죽여주십시오."

엽사담이 그 자리에 엎드리며 머리를 조아렸다.

"그는 네가 상대할 수 있는 인물이 아니다. 하지만 내 사람 이 되고자 한다면 두 번의 실수는 없어야 한다. 너는 이 말을 뼛속에 새겨야 할 것이다."

"각골명심(刻骨銘心)하겠습니다."

엽사담이 떨리는 목소리로 대답했다.

"배를 띄워라. 지금 출발한다."

말과 함께 데뭉게는 선수로 가서 강물을 바라보며 섰다. 강바람이 신령스러운 그의 은발을 허공에 날려대고 있었다.

아마도 그가 들은 것들을 함구할 모양이었다.

사람들은 비로소 안도의 한숨을 내쉬었지만, 한편으로는 묘하게 비위가 상하는 것을 느꼈다.

홍적산은 뱃머리로 걸어가 데뭉게의 뒤쪽에 섰다. 데뭉게는 누구에게도 자신과 나란히 서는 것을 허락하지 않았다. 그와 얘기를 나누고 싶다면 반드시 한 걸음 뒤에 서야 한다.

일반적으로 상대의 등 뒤로 접근하는 것은 무림의 금기였다. 무언가 말을 하고자 한다면 두 걸음 정도 떨어져 옆으로 다가가야 한다.

이는 두 주먹을 쥐는 포권지례를 함으로써 공격할 의사가 없음을 표시하는 것처럼 기습의 의사가 없음을 나타내기 위한 일종의 관습인데 데뭉게는 무림의 일반적인 상식이 통하지 않는 존재였다.

"어찌하여 그를 죽이지 않으신 겁니까?"

홍적산이 물었다.

엽사담을 두고 하는 말이 아니었다.

엽사담이 일신에 제법 대단한 재주를 지녔다지만 지금 배에 타고 있는 아홉 명의 고수에 비하면 그야말로 조족지혈이었다. 다른 사람들은 물론이거니와 데뭉게의 입장에서도 딱히 아쉬울 게 없는 인물이 바로 엽사담이었다.

그러니 홍적산의 이 질문은 엽사담이 아닌 다른 사람, 즉 천년부호에서 죽일 수 있었음에도 불구하고 살려준 살극달을 두고 하는 것이었다.

"그를 살려둔 것이 신경 쓰이는가?"

"제 평생 그처럼 피를 끓게 하는 자는 처음이었습니다."

"은염공(銀髥公)을 긴장케 했을 정도면 확실히 대단한 친구인가 보군."

은염공은 홍적산의 별호였다.

"그를 아십니까?"

홍적산이 조심스럽게 물었다.

"그날이 첫 번째 조우였다."

"한데 어찌……."

"하지만 나는 그를 아주 잘 알지."

당최 무슨 말을 하는 건지 홍적산은 알 수가 없었다. 하지만 그의 주공은 이적을 행하는 천외천의 존재, 그가 그렇다면 그런 것이다.

"속하의 소견으로는 그를 살려둔 것이 두고두고 후회될 듯합니다."

"염려 마라. 그는 다시 올 것이다."

"하지만 자하부를 그대로 둔 것은 이해할 수가 없습니다. 자하부는 이번 침투에 꼭 필요한……."

"은염공, 그대가 나를 안 지 얼마나 되었지?"

데뭉게가 질문으로 홍적산의 말을 잘랐다.

홍적산은 자신의 실태를 깨닫고 황급히 머리를 조아렸다.

"주공을 모신 지 올해로 딱 십 년째입니다."

"벌써 그렇게 됐군."

그의 말처럼 심산에 은거한 채 약초를 일구는 자신을 데뭉게가 찾아온 것은 정확히 십 년 전이다.

그때 데뭉게는 다짜고짜 비무를 청했고, 두 사람은 무려 사흘 밤낮을 쉬지 않고 싸웠다. 그리고 반나절의 휴식을 취한 후 두 사람은 다시 싸웠다.

다시 시작된 싸움에서 홍적산은 단 십 초식 만에 패했다. 이상히 여긴 홍적산이 다시 도전을 했지만 역시 더도 덜도 아닌 딱 십 초, 다시 도전을 해도 또 역시 십 초였다.

잠깐의 휴식이 데뭉게에게 어떤 변화를 주었을 리 만무하다. 그제야 홍적산은 데뭉게가 자신을 시험했으며, 그와 자신 사이에는 하늘과 땅만큼의 격차가 있다는 걸 깨달았다.

그건 충격이었다.

비록 강호에 이름을 크게 떨치진 않았지만 홍적산은 흑도의 숨은 고수였고, 그의 진신절기 마하천중도(摩訶天重刀)는 흑도제일의 도법이었다.

하늘 아래 그의 십 초를 받아내는 이가 그리 많지 않을 것으로 생각했는데, 오히려 홍적산 그 자신이 십 초를 받기 어려운 무적의 고수를 만난 것이다.

홍적산은 불현듯 자신을 대단한 고수라 여기며 살았던 세월이 부끄러워졌다. 그는 그 자리에서 무릎을 꿇었고 데뭉게의 수하가 되었다.

그게 홍적산이 데뭉게의 수하가 된 사연이다.

그때쯤 홍적산은 문득 한 가지가 궁금해졌다. 데뭉게는 홍적산이 처음 만난 십 년 전이나 지금이나 얼굴에 아무런 변화가 없었다.

내공이 지고한 경지에 이르면 늙지 않는다느니 하는 말도 있긴 하지만, 딱히 대법을 펼치지도 않았는데 사람의 얼굴이 십 년 동안 전혀 늙지 않을 수는 없는 노릇이다.

한데도 데뭉게는 그렇다.

마치 다른 사람들에게는 똑같이 흐르는 시간이 유독 그에게는 느리게 흐르는 것처럼.

어쨌거나 홍적산은 더는 물을 수가 없었다.

데뭉게가 자신을 안 지 얼마나 되었느냐는 질문에 감히 항거할 수 없는 어떤 힘이 실려 있었기 때문이다. 다시 말해, 이유 불문하고 복종하라는 뜻이다.

하지만 한 가지 더 말하지 않을 수 없었다.

그가 어렵게 뱃머리로 걸어와 데뭉게를 독대한 이유였기 때문이다.

"이런 식이면 통제가 되질 않습니다."

엽사담을 제외하면 모두가 독보강호하던 흑도의 고수들이다. 자존감이 하늘을 찌르고 누구에게도 머리를 숙일 줄 모르는 그들을 하나로 묶은 것은 데뭉게의 경이로운 무공, 그리고 마도십병이었다.

데뭉게는 그들에게 마도십병을 약속했다.

한데 그 믿음이 흔들리고 있었다.

"통제가 되질 않는다……."

데뭉게는 갑판을 향해 천천히 돌아섰다.

홍적산이 데뭉게에게 다가갈 때부터 두 사람을 주시하고 있던 구 인의 흑도 고수들은 데뭉게의 섬뜩한 회백색 눈동자와 마주치는 순간 심장이 철렁 내려앉는 듯한 충격을 느꼈다.

좌중이 찬물을 끼얹은 듯 고요한 가운데 데뭉게의 입에서
서늘한 음성이 흘러나왔다.

"신병은 그것을 가질 자격이 있는 자에게만 주인의 권위를
허락한다. 고독룡, 하일반조검(何日返照劍)을 얼마나 연성했
지?"

하일반조검은 고독룡의 진신절기였다.

"우리가 지나고 있는 이 귀주성에 저를 꺾을 자가 다섯을
넘지 않을 거라고 자부합니다."

고독룡의 이 말은 결코 허장성세가 아니었다.

가늘게 찢어진 눈에 뱀처럼 차가운 살기를 지닌 고독룡의
얼굴을 아는 사람은 그리 많지 않다. 그와 대면한 사람들은
대부분 죽었기 때문이다.

하지만 일단 그 이름을 기억하는 사람이라면 누구라도 치
를 떨고 이를 갈 수밖에 없을 것이다.

십여 년 전 홀연히 나타나 '산동의 재앙'이라 불리며 일
성(省)을 폭풍처럼 휩쓴 후 연기처럼 종적을 감춘 살성(殺聖)
이 바로 그였기 때문이다.

데뭉게는 고독룡을 향해 저벅저벅 걸어갔다.

흡사 산악이 밀려오는 듯한 압박감에 고독룡은 저도 모르
게 한 발을 뒤로 뺐다. 하지만 곧 자신의 실태를 깨닫고는 물
렸던 발을 다시 앞으로 옮겨놓았다.

데뭉게가 삼 장의 거리를 두고 말했다.

"나를 공격해라. 오 초를 견디면 강동석가의 구공신검(九孔神劍)을 너에게 주겠다."

고독룡이 마른침을 꿀꺽 삼켰다.

구공신검은 자하부의 사왕검과 함께 마도십병 중 딱 세 개만 있는 마검이다. 애초 고독룡은 엽사담이 사왕검을 가질 경우 강동석가의 구공신검은 무슨 수를 써서라도 자신이 차지할 것이라고 결심했다.

데뭉게는 바로 그 구공신검을 주겠단다.

딱 오 초만 버티면.

지금 고독룡의 실력으로 데뭉게를 꺾는 것은 불가능하다. 그의 옷자락을 건드리는 것조차 어려울 것이다.

하지만 오 초라면, 오 초를 견디는 것이라면 충분히 가능했다. 가능한 정도가 아니라 고독룡의 자존심을 건드리는 말이었다.

아무렴 오 초를 견디지 못할까.

데뭉게의 한마디에 평화롭던 뱃전이 살벌한 전장으로 바뀌어 버렸다. 주변에 있던 사람들이 하나둘씩 바깥으로 물러났다.

고독룡은 자연스럽게 데뭉게와 마주 서게 되었다. 데뭉게는 뱃전을 걸어오다 멈춘 그 자세 그대로 서 있었다. 그 어떤 임전의 자세도 없었다.

하지만 완벽했다.

고독룡은 송곳 하나 찌를 만한 빈틈도 찾지 못했다. 데뭉게는 단지 서 있는 것만으로도 태산 같은 압박감을 뿜어내는 존재였다.

고독룡은 다시 한 번 마른침을 삼켰다.

꿀꺽.

목울대가 아래로 흘러내리는 순간, 고독룡은 착 가라앉으며 신형을 옆으로 비틀고, 검파를 잡고, 검을 뽑았다. 상체가 일 척 정도 아래로 꺼지는 사이에 이 모든 동작을 동시에 펼친 것이다.

심전 같은 빌김에 이어 질풍 같은 검초가 뿌려졌다. 아니, 뿌려질 뻔했다. 찰나의 순간 그와 데뭉게 사이의 공간이 사라지고, 데뭉게가 벼락처럼 달려들어 고독룡의 손목을 꺾지 않았다면, 막 뽑힌 검의 방향을 기묘하게 틀어 그 검을 주인인 고독룡의 배에 박아 넣지 않았다면 말이다.

"허억!"

평생을 함께했던 고독룡의 보검 혈염검(血炎劍)이 뱃가죽을 뚫었다. 고독룡의 손목을 꺾어 잡고 있던 데뭉게는 검두를 천천히 밀어 넣었다.

차디찬 검신이 창자를 가르며 들어왔다.

그러다 마침내 등뼈를 비집은 다음 등을 뚫고 지나갔다. 아주 천천히…….

"커어… 어… 어!"

그 느리고, 차갑고, 진절머리 나는 고통에 고독룡의 입에선 가느다란 신음이 새어 나왔다. 그리고 천천히 넘어갔다.

풍덩! 소리와 함께 강물로 떨어진 고독룡은 아직도 숨이 끊어지지 않았는지 물 위에서 경련을 일으켰다. 이어 천천히 가라앉기 시작했다.

그가 사라진 수면 위로 붉은 핏물이 숭숭 올라왔다. 산동을 공포로 몰아넣던 살성은 그렇게 허무하게 죽어버렸다.

"또 누가 자격을 증명하겠는가?"

데뭉게가 좌중을 둘러보며 무심한 어조로 말했다.

좌중이 싸늘하게 식었다.

데뭉게의 경이로운 무공 앞에 이제 여덟으로 줄은, 엽사담을 포함해야 겨우 아홉이 되는 흑도의 고수들은 꿀 먹은 벙어리가 될 수밖에 없었다.

더는 따질 사람이 없었지만, 따질 수도 없었다.

데뭉게가 재차 물었다.

"홍비쉬 네가 증명을 하겠느냐? 아니면 맹조? 아니면 목추경 네가?"

이름이 차례로 거명될 때마다 사람들은 심장이 철렁 내려앉는 충격을 느꼈다. 그 순간, 홍적산이 갑판에 한쪽 무릎을 꿇으며 말했다.

"삼가, 용서를 구합니다."

뒤를 이어 사람들은 홍적산이 그랬던 것처럼 차례로 무릎을 꿇고 머리를 조아렸다.

"삼가, 용서를 구합니다."

"삼가, 용서를 구합니다."

"삼가, 용서를 구합니다."

엽사담을 마지막으로 모두가 무릎을 꿇었을 때 데뭉게가 무겁게 가라앉은 음성으로 말했다.

"너희가 강해지면 언제든 나를 베어라. 하지만 그전까지 너희의 목숨은 내 것이다. 내가 짖으라면 짖고 죽으라면 죽어라."

짖으라니…….

하나같이 둘째가라면 서러워할 흑도의 고수들에게 개처럼 짖으라니……. 하지만 누구도 입 한번 벙긋하지 못하는 가운데 싸늘한 침묵이 흘렀다.

"한 명이 죽었으니 이제 공평해졌군. 목추경, 강동석가의 구공신검은 네가 가져라. 물론 너는 그것의 주인 될 자격을 먼저 보여야 할 것이다."

"복명."

목추경이 머리를 조아리며 대답했다.

데뭉게는 천천히 돌아서 다시 뱃전으로 향했다.

홍적산이 데뭉게의 뒤를 따라갔다.

이윽고 두 사람만 뱃머리에 서게 되었을 때 데뭉게가 말했다.

"사람들을 다룰 땐 먼저 힘을 보여주고, 다음에 그들이 원하는 걸 주어야 한다. 너는 이 말을 명심해야 할 것이다."

"명심하겠습니다."

홍적산이 깊이 허리를 숙이며 답했다.

옛 성현들의 그 어떤 고담준론도 데뭉게의 말만큼 명쾌하지는 않을 것이다. 상상을 초월할 만큼 강할 뿐만 아니라 사람을 어떻게 다뤄야 하는지까지 꿰뚫고 있다. 홍적산은 자신의 주군 데뭉게의 태산 같은 위엄에 가슴이 서늘해졌다.

하지만 홍적산은 엿새 전 누군가도 자하부의 부주에게 그런 충고를 했다는 걸 알지 못했다.

그때쯤 우거진 갈대숲으로 변한 강변에서 실처럼 가느다란 연기가 피어올랐다.

딱히 누가 신호를 보내지도 않았는데 근육질의 역사 천강옥이 배를 강변 쪽으로 몰아갔다. 잠시 후 사람 키를 훌쩍 넘기는 갈대로 말미암아 보이지 않던 작은 지류가 모습을 드러냈다.

지류를 헤치고 나아간 지 일다경, 갈대숲이 동요하기 시작
했다. 사삭거리는 소리가 점점 커지더니 이윽고 배가 멈추었
을 때는 흑의 복면을 한 괴인들이 배를 가운데 두고 좌우의
수변을 따라 이 열로 도열했다.

그 길이가 무려 오십여 장이나 되었다.

복면인들의 숫자는 무려 오백여 명, 하나같이 건장한 체구
에 날렵해 보이는 묘도를 가로지른 그들이 일제히 부복했다.

잠시 후, 외팔이 노인 하나가 뱃전으로 올라왔다. 팔순이나
되었을까? 치렁한 머리카락에 얼굴 반쪽이 검상으로 가득했
는데 양쪽 눈구멍에 박혀 있는 동공이 여간 살벌하지 않았다.

노인은 뱃전에 오르자마자 그때까지 들고 있던 검갑을 바
닥에 내려놓은 후 하나밖에 남지 않은 팔을 왼쪽 가슴에 붙이
며 무릎을 꿇었다.

"지존을 뵙습니다."

지존, 그는 데뭉게를 주공이 아닌 지존(至尊)이라 불렀다.
더할 수 없이 존귀하여 천하 만민을 아래로 보는 자.

"일어나라."

데뭉게의 낮은 음성에 노인이 고개를 들고 천천히 일어섰
다. 이어 한 걸음 다가서며 말했다.

"준비를 마쳤습니다. 흑우병단(黑牛兵團)은 지존을 위해 불

속으로도 뛰어들 준비가 되어 있습니다."

"지금부터 남직예로 향한다. 이목을 끌지 않도록 뿔뿔이 흩어진 다음 강동석가에서 다시 만난다."

"복명!"

第九章
그 사람을 좋아하지?

평저선 한 척이 장강으로 접어들고 있었다. 전체적으로 네모진 평저선은 같은 크기의 다른 배에 비해 갑판이 넓어 상대적으로 많은 짐을 실을 수 있는 반면 속도가 느린 단점이 있다. 배의 밑바닥 역시 넓어 물의 저항을 많이 받기 때문이었다.

하지만 살극달은 굳이 평저선을 고집했고, 장자이는 한 시진이나 수소문한 끝에 가까스로 평저선 한 척을 구할 수 있었다.

형태로 따지면 평저선이지만 용도로 따지면 고깃배였다.

정확히 말하면 장강의 중류에서 잡은 고기를 지류를 타고 육지까지 운반하는 배였다. 덕분에 배는 고기 창고로 썼던 선실부터 시작해 온통 비린내로 진동했다.

"옷에서도 악취가 나는 것 같아."

장자이가 선미에 앉아 검신에 기름을 먹이고 있는 조빙빙의 곁을 차지하며 말했다.

조빙빙은 가벼운 웃음으로 대답을 대신했다.

장자이가 다시 물었다.

"듣자 하니 살극달과 함께 운남을 다녀왔다지요?"

"살극달이 뭐야?"

"살극달을 살극달이라고 하지 그럼 뭐라 그래요?"

"나이를 따져도 그가 훨씬 많은데, 하물며 그는 이제 우리의 수장이야. 그렇다면 그에 걸맞은 호칭으로 불러야지 않겠어?"

"대체 그가 몇 살인데요?"

장자이가 진짜 알고 싶은 게 이거였다.

"나도 정확히는 몰라."

장자이는 괜스레 김이 샜다.

"나도 그 생각을 안 해본 건 아니지만, 마땅한 호칭이 없잖아요. 우리가 그의 수하도 아니고, 그렇다고 오라버니라고 부를 수도 없고."

"오라버니 괜찮은데?"

"이거 왜 이러세요. 정작 본인은 살 공자라고 부르면서."

"나는 나만의 사정이 있어."

"그 말은 자하부의 오공녀로 만나지 않았다면 오라버니라고 불렀을 수도 있다는 뜻이에요?"

조빙빙은 검신을 닦던 손길을 멈추고 잠시 생각에 잠겼다. 살극달은 칠백 년을 산 존재다. 칠백 살이나 많은 사람을 오라버니라고 부른다는 게 말이 될까? 꼭 존칭을 붙여서 부른다면 할아버지나 조상님이 맞지 않을까?

거기까지 생각이 미친 조빙빙은 저도 모르게 '품' 하고 실소를 터뜨렸다.

"왜 웃는 거예요?"

장자이가 눈을 동그랗게 뜨고 물었다.

조빙빙은 웃음기를 거두고 물었다.

"장자이, 그 사람 좋아하지?"

"무슨 그런 말도 안 되는……."

"네 소매 속에 있는 그 수실, 살극달에게 주려고 산 거…읍!"

장자이가 황급히 입을 틀어막는 바람에 조빙빙의 말이 멈추었다. 장자이는 뱃머리에 앉아 낚시를 하는 검노와 그의 곁에서 열심히 지렁이를 끼워주고 있는 매상옥을 살폈다.

매상옥이 슬그머니 뒤돌아 조빙빙과 장자이를 바라보았다. 그러곤 아무 일 없었다는 듯 다시 고개를 돌렸다.

'들은 거 아니냐?'

장자이는 속이 바짝바짝 탔다.

저 뚱보가 무슨 생각으로 돌아보았는지 도무지 종잡을 수가 없었기 때문이다. 그나마 다행이라면 살극달이 갑판 아래의 선실에서 운공 중이라 지금 이 자리에 없다는 것이다.

장자이는 조빙빙의 입 막은 손을 천천히 풀어주고는 목소리를 쥐어짰다.

"대체 어떻게 안 거예요?"

"기침과 좋아하는 감정은 숨길 수 없는 법이지."

남녀 관계에 있어서 남자들은 앞에 달린 눈도 쓸모없을 때가 잦지만, 여자들은 뒤통수에도 눈이 달려 있다.

조빙빙은 처음 장자이가 자미원에 나타났을 때부터 살극달에게 호감이 있다는 걸 단박에 눈치챘다. 조빙빙은 자신의 감정을 솔직히 표현할 수 있는 장자이가 부러웠다.

"쳇. 오래 살아서 그런지 눈치 한 번 더럽게 빠르네."

"내가 아니어도 여자라면 누구나 눈치챘을걸."

"비밀은 지켜주는 거예요?"

"물론이지. 그런데 왜 아직 언니라고 안 불러?"

"전 그렇게 부르겠다고 약속한 적 없어요."

"오공녀는 몰라도 언니는 싫어?"

장자이의 눈매가 실처럼 가늘어졌다.

조빙빙이 왜 저런 말을 하는지 장자이는 알고 있었다. 조빙빙은 자하부의 오공녀라는 대단한 신분을 지녔지만 동시에 천한 기녀의 핏줄이기도 했다.

조빙빙은 자신의 그런 출신에 대해 자격지심을 가진 모양이었다. 장자이가 의아해하는 것은 누구에게도 말하기 어려운 그런 내밀한 감정을 조빙빙이 스스로 표현했다는 것이다. 대개 이런 감정은 가슴속 깊은 곳에 감추고 싶은 것이 아닌가. 특히 여자라면 더더욱.

"나를 위해 죽어줄 수 있어요?"

장자이가 조빙빙에게 얼굴을 바짝 들이대며 물었다. 당황한 조빙빙은 저도 모르게 상체를 뒤로 뺐다.

"언니가 되고 동생이 되는 것은 결의형제가 된다는 뜻이에요. 내가 생각하는 결의형제는 서로를 위해 죽어줄 수 있어야 해요. 하지만 난 그런 관계가 싫어요."

"왜?"

"거추장스럽잖아요. 살극달을 봐요. 의동생의 복수를 하겠다고 자하부를 벌집으로 만들어놓고도 아직 뒤처리를 못해 이 고생을 하고 있잖아요."

그렇긴 하다.

누군가의 언니가 되어주고, 누군가의 동생이 되어준다는
건 그만큼의 책임이 필요하다. 조빙빙은 자신이 그렇게 할 수
있을지에 대해 의문이 들었다.

"하지만 친구가 되어줄 순 있어요."

장자이가 손을 내밀었다.

조빙빙 역시 웃으며 손을 마주 잡았다.

"그럼 친구가 된 기념으로 뭐 하나 물어봐도 돼요?"

"뭔데?"

"살극달 말이에요. 대체 어떤 사람이에요?"

"나도 몰라."

"운남까지 다녀오는 동안 사흘 밤낮을 함께 지냈잖아요."

"뛰고 달린 기억밖에 없어. 워낙 시간에 쫓겼으니까."

"친구가 되기로 했으면서 끝까지 이러기에요?"

"내가 뭘?"

"그가 노룡이라는 걸 내가 모를 줄 알아요?"

"그걸… 어떻게?"

"헛. 정말 노룡이었군요?"

"……."

조빙빙은 떨떠름했다.

장자이가 슬며시 넘겨짚어 본 것인데 자신도 모르게 속아
넘어간 것이다.

"비밀은 지켜주겠지?"

"오공녀께서 제 비밀을 지켜주는 한."

"비밀을 공유하게 되었으니 이제 꼼짝없이 친구가 되었네."

"글쎄요. 그게 그럴까요?"

"또 남은 게 있어?"

"제겐 비밀이 한 가지밖에 없지만 오공녀껜 두 가지가 있잖아요."

"두 가지?"

"오공녀도 그를 좋아하죠?"

"훗. 내가 또 속을 줄 알고?"

"……."

"……?"

장자이는 말없이 조빙빙을 응시했다.

때로는 침묵이 웅변보다 많은 말을 하는 법. 장자이는 그게 진심인지를 묻고 있었다.

"오공녀의 문제가 무엇인지 이제 알겠어요."

장자이의 목소리가 한층 진지해졌다.

그러자 지금까지의 장난스러운 모습은 온데간데없고 어여쁘고 예의 바른 여인이 그 자리를 대신했다. 장자이에게 이런 면이 있을 줄 몰랐던 조빙빙은 살짝 당황했다.

"그게 뭔데?"

"자신에게 솔직하지 못한 거, 자신의 감정을 들킬까 봐 본 능적으로 숨기는 거. 그러면서 내게 언니 동생을 하자고 하셨 나요?"

"……!"

조빙빙은 뒤통수를 한 대 얻어맞는 것 같았다.

장자이가 자신의 단점을 정확히 꿰뚫고 있었기 때문이다.

"다른 여자를 바라보는 남자를 좋아해 본 적 있어?"

조빙빙이 담담한 어조로 물었다.

굳이 대답을 바란 질문이 아니라는 걸 알기에 장자이는 묵 묵히 조빙빙을 바라보았다.

"그런 사람이 있었어. 멀리서 바라보기만 해도 가슴이 뛰 고, 그가 나를 향해 한마디라도 걸어주면 온종일 그 말이 떠 올라 아무것도 할 수가 없었던."

"왜 고백하지 않았죠?"

"내가 고백하지 않아야 모두가 행복하니까."

"나라면 절대 그러지 않았을 거예요."

"난 불행하게도 그래. 네 말처럼 난 살 공자를 좋아해. 하 지만 딱 거기까지야. 여기서 한 걸음만 더 나아가면 사랑하게 될 것 같지만 아직은 아니야. 그리고 할 수만 있다면 난 이 관 계를 깨고 싶지 않아."

"꼭 그랬으면 좋겠어요."

장자이의 이 한마디에는 많은 의미가 담겨 있었다. 어색한 침묵이 흐른 후 장자이가 신색을 바로 하며 말했다.

"그나저나 뭐가 그렇게 복잡해요?"

장자이의 목소리는 어느새 그 장난스러운 분위기로 돌아와 있었다.

조빙빙은 말갛게 웃었다.

그때였다.

"잡았다!"

갑작스러운 외침과 함께 검노가 대나무 작대기를 번쩍 들어 올렸다. 낚싯바늘에 매달린 팔뚝만 한 잉어 한 마리가 힘차게 요동치는 것이 보였다.

갑판 위에 때아닌 모닥불이 피워졌다.

어디서 가져왔는지 모를 철판을 바닥에 깔고 난간의 일부를 잘라다 피운 모닥불 위에는 잉어 세 마리가 쇠꼬챙이에 끼워져 노릇노릇하게 익어가고 있었다. 검노가 반나절 동안 낚시질을 해서 얻은 수확이었다.

"생선 썩은 냄새가 진동하는 곳에서 또 굳이 생선을 먹어야 하나요?"

장자이가 볼멘소리를 했다.

말은 그렇게 했지만 그녀의 손은 이미 생선 한 마리를 가져다 바르고 있었다. 매상옥이 재빨리 꼬챙이를 빼앗아 반을 쭉 빼고는 나머지 반을 돌려주었다.

"사람이 몇 명인데 혼자 한 마리를 다 먹으려고 그래?"

"생선 한 마리 가지고 쪼잔하기는."

"혼자서 한 마리를 차지하려는 도둑년 심보는 괜찮고?"

"남의 배를 공으로 타는 주제에 도둑년이라고? 낯가죽이 두꺼워도 유분수지."

"네가 이 배의 주인이라도 된단 말이냐?"

"당연하지."

"어째서?"

"몰라서 물어? 내가 내 돈 주고 산 배니까 당연히 내 배지. 안 그래요?"

장자이가 말끝에 살극달을 돌아보며 동의를 구했다. 애초 살극달이 배를 사라고 시켰으니 살극달에게 편들어줄 것을 은근히 종용하는 것이다.

하지만 호락호락하게 당할 매상옥이 아니었다.

"그렇게 따지자면 그 돈은 자하부에서 훔친 거니까 이 배의 주인은 당연히 오공녀시지. 안 그렇습니까, 오공녀?"

매상옥도 조빙빙을 돌아보며 동의를 구했다.

"흥. 그 돈은 내가 사왕검을 미리 빼돌렸다가 돌려주는 조건으로 받은 정당한 돈이라는 걸 아서야지. 내가 아니었으면 지금쯤 사왕검은 엽사담의 수중에 들어갔을 거라고. 안 그래요? 뭐라고 말 좀 해봐요?"

장자이가 한층 격앙된 어조로 변론하더니 역시나 말끝에 살극달에게 동의를 구했다.

그녀가 말한 사왕검을 바로 살극달이 지니고 있는 탓이었다. 말인즉슨, 그 희대의 보물이 너의 손에 쥐어지게 된 게 모두 자신 덕택이라는 뜻이다.

"그게 어떻게 빼돌린 거냐, 훔쳐서 되판 거지? 세상에 물건을 훔친 후 주인에게 다시 바가지를 씌워 되파는 도둑년도 흔치 않을 거다. 그리고 네년이 자하부에 사왕검을 훔치러 온건 천하가 다 아는데 무슨 개소리야. 그나마 부주께서 가슴이 바다처럼 넓은 덕에 좋게 좋게 넘어갔다는 걸 알아야지. 안 그렇습니까, 오공녀?"

"뭐, 개소리? 말 다 했어?"

"그래, 말 다 했다. 어쩔 거냐?"

"이 돼지새끼가 진짜!"

"뭐, 이 도둑년이 죽으려고 환장을 했나!"

장자이와 매상옥이 벌떡 일어나며 각자의 병기로 손을 뻗어갔다.

"그거 뽑으면 둘 다 강물에 던져 버릴 줄 알아."

살극달이 나지막하게 말했다.

딱히 소리를 지르지는 않았지만 충분했다.

살극달은 그렇게 하겠다면 정말 그럴 사람이고, 또 그만한 힘이 있었다.

하지만 장자이와 매상옥은 자존심 때문에 그대로 앉지는 못하고, 또 그렇다고 병기를 뽑아 들지도 못한 채 으르렁거리며 서로 바라볼 뿐이었다.

"쯧쯧쯧. 뭔 싸울 건더기라도 돼야 훈수를 두지."

자신이 직접 잡았다는 이유로 잉어 한 마리를 통째로 들고 뜯던 검노가 혀를 끌끌 찼다.

두 사람이 싸우는 통에 살극달과 조빙빙 역시 한 마리씩 먹어버렸고, 잉어는 이제 하나도 남지 않게 되었다.

하지만 지금 장자이와 매상옥에게는 잉어 따위가 중요한 게 아니었다. 중요한 건 지금의 이 어정쩡한 상황이었다. 싸울 수도 없고, 그렇다고 물러나자니 자존심이 상하고.

결국 장자이가 잔꾀를 냈다.

살극달에게 따지는 척하면서 슬그머니 자리에 앉은 것이다.

"대체 왜 이렇게 큰 배를 사라고 한 거예요?"

살극달은 입술에 묻은 생선기름을 혀로 핥은 후 손을 털며 말했다. 장자이가 아닌 검노를 향해서였다.

"검노."

"왜 불러?"

"매상옥에게 전수해 주기로 한 몽도류는 잘 진행되어 가고 있소?"

"갑자기 그건 왜?"

"있소, 없소?"

"내 종복 내가 가르친다. 상관 마라."

"당신은 내 종복이잖소."

생선 대가리를 한입 베어 물던 검노의 동작이 뚝 멈췄다. 그는 손을 한차례 부르르 떨더니 반쯤 물었던 생선 대가리를 도로 뱉어냈다. 그리고 어금니를 빠드득 갈며 물었다.

"그래서 하고 싶은 말이 뭐냐?"

"강동석가에 도착하기 전까지 그를 절정고수로 만들어놓으시오."

"내가 왜?"

"약속했잖소."

"매상옥에게 했지. 네게 한 게 아니다."

"그래서 지키지 않겠단 말이오?"

"내 말은 네가 무슨 상관이냐는 거다. 내 종복 내가 내 마음대로 하겠다는데."

"당신은 내 종복이지."

같은 말이 계속 맴돌고 있었다.

상황이 이렇게 되자 난감한 사람은 매상옥이었다. 자신은 딱히 별다른 말을 하지 않았는데, 두 사람이 자신을 두고 옥신각신하고 있으니 곤란할밖에. 그 순간,

탁!

검노가 먹다 남은 생선을 바닥에 패대기쳤다. 그러고는 입 안에 남은 것들을 튀겨가며 언성을 높였다.

"대체 나한테 왜 그러는 게냐!"

살극달은 검노를 비롯해 장자이, 매상옥, 조빙빙과 차례로 눈을 맞춘 후 침잠한 음성으로 말을 이었다.

"모두 지금부터 내가 하는 말 잘 들어. 왜들 날 따라다니는 건지 모르겠지만, 나와 동행을 하겠다면 한 가지 조건이 있다. 앞으로 내가 상대해야 할 적들은 상상을 초월하는 고수들이다. 그건 당신들도 마찬가지다. 그들로부터 자신을 지키는 방법은 뼈를 깎는 수련밖에 없다."

"무슨 말인지는 알겠는데, 이제 겨우 일류의 초입에 든 놈을 보름 만에 절정고수로 바꾸라는 게 말이 되느냐? 말이 돼?"

검노가 말했다.

"그가 죽으면 당신은 하나밖에 없는 종복을 잃게 될 것이오."

"아무리 그렇다고 해도 안 되는 건 안 되는 거야. 무공이란 사람의 일생과도 같아. 열 살배기 아이가 보름 만에 어른이 될 수는 없는 거라고. 어깃장을 부려도 유분수지. 그냥 놔두면 내가 어련히 알아서 가르칠까."

"알아서 안 가르치니 하는 말이오."

"걱정하지 마. 십 년쯤 후면 강호의 누구라도 목을 딸 무적의 살수가 탄생할 테니까."

"그건… 얘기가 다르잖습니까."

갑자기 말을 자르고 들어온 사람은 매상옥이었다. 사람들의 시선이 일시에 매상옥에게로 쏠렸다. 매상옥은 무언가 결심을 하는 듯 침을 꿀꺽 삼킨 후 검노에게 물었다. 아니, 따졌다.

"그땐 분명 일 년 안에 몽도류를 대성할 수 있다고 하셨잖습니까?"

"그건 네놈이 하루를 열흘같이, 열흘을 일 년같이 피똥 싸며 고생하면 가능할 수도 있단 얘기였다."

"그렇게 하겠습니다."

"뭐?"

"그렇게 하겠습니다. 선배께서 무슨 허황한 수련을 시키더라도 무조건 따르겠습니다. 부탁합니다."

매상옥은 간절한 표정으로 포권을 했다.

"그냥 하는 말로 열심히 하라는 얘기가 아니다. 정말로 하루에 반 시진씩만 자면서 먹고 자는 시간 외에는 오로지 수련에 매진해야 한다. 넌 그게 가능하리라고 생각하느냐?"

"이래 봬도 산전수전 다 겪은 몸입니다. 할 수 있습니다."

"아무리 그래도 소용없다. 안 되는 건 안 되는 거야. 세상에 공으로 얻어지는 게 있다더냐. 허황한 생각일랑 접고 느긋한 마음으로 내 수발이나 잘 들어라. 하면 내 성의껏 지도해 줄 터이니."

"정 그렇다면 저도 수발을 들지 않겠습니다."

"뭐!"

매상옥은 굳게 다문 입술로 홱 돌아앉아 버렸다. 그리고 그가 돌아앉은 방향에 하필이면 살극달이 앉아 있었다.

살극달이 말했다.

"내가 가르쳐 줄까?"

"몽도류를 아십니까?"

매상옥이 반색을 하며 물었다.

검노가 당황한 실눈을 뜨고 살극달을 노려보았다. 진짜인지 가짜인지 의심스러운 것이다.

"오래전 천축을 여행하던 중 거대한 바위산 동굴 속에서 수행 중인 밀승을 한 명 만났지. 그때 그로부터 명상법 한 가지를 배웠는데 훗날 그것이 중원에선 몽도류라는 술법으로 불린다는 걸 알게 되었다."

매상옥은 화들짝 놀랐다.

앞서 멸천구관에서 검노는 몽도술이 천축 밀교의 수행법에서 유래된 것이라는 말을 했었다. 살극달의 말은 그때 검노가 했던 말과 완벽하게 일치하는 것이다.

"얼마나 걸릴까요?"

매상옥이 달뜬 목소리로 물었다.

"육체를 단련시키는 무공이 아니라 우주의 섭리를 다루는 술법이다. 이해력이 뛰어나다면 열흘 안에 모든 주문과 구결을 전수해 줄 수 있다. 그 후의 노력은 네게 달렸지."

매상옥은 앉은 자리에서 벌떡 일어나 살극달을 향해 대례를 올렸다. 아니, 올리려고 했다. 검노가 매상옥의 다리를 걸어 넘어뜨리지만 않았다면 말이다.

쿵!

"어이쿠! 이게 뭐하는 짓입니까?"

매상옥이 발작적으로 일어나서는 검노에게 따졌다. 그러거나 말거나 검노는 살극달을 매섭게 노려보며 말했다.

"그런 식이라면 나도 하겠다. 구결을 모두 전수해 주는 게 뭐가 어렵다고. 난 그걸 대성해 자유자재로 펼칠 수 있도록 하는 데 시간이 오래 걸린다는 말을 한 것이다."

"할 거요, 말 거요?"

"보름이라고 했지?"

검노는 살극달의 대답을 듣지도 않고 갑자기 매상옥의 귀때기를 틀어잡더니 갑판 아래의 선실로 질질 끌고 갔다.

몽도류는 귀신을 부리는 사이한 술법, 주문과 벽사(辟邪)의 기밀을 함부로 타인에게 누설할 수 없는 탓이었다. 그보다 더 중요한 것은 매상옥을 살극달로부터 떼놓기 위함이었다.

두 사람이 사라지고 나자 장자이가 살극달에게 물었다.

"정말 몽도류를 아세요?"

"모른다."

"……!"

"……!"

조빙빙과 장자이는 어안이 벙벙해졌다.

말인즉슨, 검노를 속이기 위해 연극을 했다는 뜻이다. 두 사람은 행여 검노에게 들킬까 봐 터져 나오는 웃음을 참느라 배꼽을 틀어쥐었다. 호랑이 잡는 게 여우라더니 검노와 살극달의 관계가 꼭 그 짝이었다.

"오공녀께서도 무공을 익혀야 하오."

살극달의 한마디에 두 여자의 웃음이 뚝 그쳤다.

살극달의 말이 이어졌다.

"고주일검(孤注一劍)은 대성을 이루었을 경우 능히 대적할 자가 없는 상승의 무학이오. 하지만 지금 오공녀의 실력은 겨우 일류의 초입이오."

조빙빙과 장자이의 얼굴이 딱딱하게 굳었다.

살극달은 지금 상승의 절학을 지니고도 겨우 일류의 초입
에 든 조빙빙을 나무라고 있었다.

장자이는 좀 의아했다.

무공 경지를 논함에 있어 자로 잰 듯한 기준은 존재하지 않
는다. 다만 뿜어져 나오는 기세, 검초의 고절함, 혹은 누가 누
구를 꺾었는지를 따져 강호인들 사이에서 보편적으로 인정되
고 통용되는 경지만이 존재할 뿐이다.

때문에 그런 평가는 아무래도 작위적이고 정확도가 떨어
질 수밖에 없었다.

그렇다고 해도 조빙빙을 일류의 초입이라고 폄하한 것은
지나쳤다. 자타가 공인하는 바 자하부의 오공녀는 이미 일류
의 끝, 혹은 절정의 초입을 바라보는 고수였다.

살극달의 말이 이어졌다.

"이는 보검을 지니고도 그 가치를 모르는 것과 같다고 할
수 있소. 오공녀께서는 이것에 대해 깊이 반성해야 할 것이
오."

"이봐요. 그건 내가 매상옥에게 들어서 아는데, 사부인 뇌
정신군이 일부러 핵심이 되는 초식 몇 개를 빠뜨려 전수한 탓
이라고……!"

"그만해."

조빙빙이 장자이의 말을 잘랐다.

장자이는 이해할 수 없다는 얼굴로 조빙빙을 바라보았다. 조빙빙 정도라면 이미 자신의 한계를 넘어섰다고 볼 수 있었다. 사부가 일부러 제약을 걸어둔 무공으로 지금의 성취를 이루었으니 피나는 노력을 한 증거가 아니고 무엇이겠는가.

저간의 사정은 이랬다.

석년에 뇌정신군은 조빙빙을 포함한 다섯 명의 제자에게 각 하나씩의 진신절기를 전수해 주었다.

일제자인 이천풍에게는 패도적인 파마팔검을, 이제자인 막수혼에게는 빛처럼 빠른 사혼구검을, 삼제자인 엽사담에게는 귀신처럼 음유한 잔혼소검을, 사제자이자 혈육인 독고설란에게는 파괴적인 곤음육검을, 마지막으로 오제자인 조빙빙에게는 변화무쌍한 고주일검을 주었다.

이들 다섯 가지 검공은 각각 패(霸), 쾌(快), 환(幻), 중(重), 변(變)으로, 바탕을 이루는 각각의 무리는 다르지만 하나하나가 절학이라 불러도 좋을 만큼 고명한데다 서로 간의 우열을 다투기 어려울 만큼 강했다.

요는 그것을 익히는 사람의 자질과 수련 정도에 달린 것이다. 다시 말해, 그중 하나라도 대성한 사람이 나타나면 그는 나머지 넷을 압도할 수 있었다.

이게 지금까지 알려진 것이다.

하지만 뇌정신군은 독고설란을 제외한 네 명의 제자에게 핵심이 되는 몇 가지 초식을 빠뜨림으로써 의도적인 한계를 주었다.

자신의 사후 제자들이 감히 독고설란의 자리를 넘보지 못하도록 하기 위한 안배였다.

그러나 독고설란의 자질은 사형제들을 뛰어넘지 못한 반면, 사형제들의 성취는 독고설란을 훨씬 앞질렀다.

심지어 엽사담처럼 마공을 익힌 예도 있었다.

그러니 조빙빙의 입장에선 충분히 항변할 수 있었다. 하지만 조빙빙은 그러지 않았다. 오히려 지극히 공손한 태도로 살극달을 향해 포권을 했다.

"결례가 되지 않는다면 제게도 가르침을 주십시오."

"뇌정신군이 빠뜨린 그 초식을 내가 이어주겠소."

"고주일검을… 아시나요?"

천천히 고개를 드는 조빙빙의 얼굴이 샛노래져 있었다.

장자이 역시 뜨악한 얼굴이었다.

초식이 빠졌을지언정 고주일검은 뇌정신군이 창안한 자하부의 독문검공이었다.

뇌정신군이 창안했다는 것만으로도 알 수 있듯이, 그 역사는 그리 깊지 않았다.

살극달이 알 수 있는 검공이 아닌 것이다.

하지만 살극달은 고주일검을 두고 대성을 이루었을 경우 대적할 자가 없는 상승의 무학이라고 했다.

그는 일견후즉파의 능력을 지닌 사람이니 조빙빙이 싸우는 모습을 보고도 고주일검이 예사롭지 검공이라는 걸 눈치챘을 수도 있다.

그러나 빠진 검초를 이어준다는 것은 아무리 일견후즉파의 능력을 지녔다고 해도 불가능한 것이다. 그가 저승으로 가서 뇌정신군을 만나보고 올 것도 아니지 않은가.

第十章
조빙빙을 가르치다

"내가 보는 앞에서 고주일검의 초식을 처음부터 끝까지 펼쳐 보이시오."

장자이는 매우 놀랐다.

다른 사람의 수련을 지켜보는 것은 무림의 법도에 크게 어긋난다. 심지어 남의 문파의 절기를 훔쳐봤다는 죄로 칼부림을 벌여도 할 말이 없다.

하지만 살극달은 당당하게 그것을 요구했다.

장자이의 생각과 달리 조빙빙은 살극달의 요구가 결례라고 여기지 않았다. 장자이는 모르고 있었지만, 살극달은 더 이상의 비공절학이 필요없는 무적의 고수. 그에게 고주일검 따위는 한낱 장난에 불과할 것이다.

그러니 살극달이 고주일검의 전체 초식을 펼쳐 보라고 할 때는 그만한 이유가 있을 거라는 생각이 들었다.

"장자이, 비켜줘."

살극달이 말했다.

"좁은 배 안에서 갈 데가 어딨어요. 선실은 검노와 뚱보가 차지했는데."

"그럼 돛 뒤로 가 있어."

"치, 알았어요."

장자이는 돛을 향해 걸어가면서 무언가 번뜩이는 생각이 떠올랐다. 살극달이 육로가 아닌 수로를 고집한 것도, 달랑 다섯 명이 타고 가면서 갑판 넓은 배를 사라고 한 것도 다 이 것 때문이었다.

살극달은 장강을 따라 배를 타고 가는 동안 조빙빙과 매상 옥에게 갑판을 연무장 삼아 수련을 시킬 작정이었던 것이다.

장자이가 돛 뒤로 모습을 감추는 걸 확인한 살극달이 조빙 빙을 향해 말했다.

"시작하시오."

스릉!

조빙빙은 그녀의 별호인 동시에 성명병기의 이름이기도

한 소리비검을 뽑았다. 시퍼런 검신이 햇볕에 반짝였다.

조빙빙은 검파를 두 손으로 잡고 머리 위까지 올리는 포검식의 예를 갖춘 후 한 발을 뒤로 뺐다.

그러자 조용하던 분위기는 온데간데없고, 한 마리 살벌한 맹수가 그 자리를 차지했다.

이게 조빙빙의 진면목이었다.

평소엔 그저 차갑기만 한 여검사였지만, 일단 검을 뽑으면 차가움에 살벌함이 더해지는 검도의 고수로 돌변하는 것이다.

"타앗!"

격보와 함께 쇄도해 벼락처럼 상박을 베는 이 수법의 이름은 이발지시(已發之矢). 이미 시위를 떠난 화살이라는 뜻인데, 일단 고주일검을 펼치기 시작하면 물러설 수 없다는 의미에서 뇌정신군이 붙인 초명이었다. 즉, 임전의 자세를 초명에 녹여 가르치고자 한 것이다.

이발지시를 시작으로 조빙빙은 전체 구 식 팔십일 초로 구성된 고주일검을 천천히, 그러나 진력을 다해 펼치기 시작했다.

굽이치는 장강의 물결 위, 드높은 가을 하늘 아래에서 가느다란 은빛 검신이 춤을 추었다. 그 검신만큼이나 아름다운 조빙빙의 몸매가 햇살에 눈부시게 빛났다.

바람이 불고, 한기가 방원 삼 장을 잠식했다.

어떤 곳에서는 야수처럼 사납고, 어떤 곳에서는 얼음장 밑을 흐르는 물처럼 고요하다가도, 또 어떤 곳에 이르러서는 폭포처럼 맹렬한 검세가 연이어 작렬했다.

조빙빙의 검초는 마치 변덕스러운 강남의 날씨 같았다. 하나의 검초에 담긴 심상이 너무나 변화무쌍하여 도무지 검로를 예측할 수가 없었다.

하지만 그게 정상이었다.

고주일검은 변화무쌍함 속에 숨어 있는 벼락같은 일격이 특징이었다.

마침내 시연이 모두 끝났을 때 조빙빙의 몸은 땀으로 흠뻑 젖어 있었다. 일다경의 시연 동안 모든 진력을 쏟아부은 탓이다.

그때 어디선가 마른침을 꿀꺽 삼키는 소리가 들렸다. 살극달이 돌아보니 선실로 향하는 갑판의 뚜껑 아래로 검노가 얼굴을 반쯤 내놓고 있었다.

천장이 쿵쿵 울리니 무슨 일인가 하고 내다보다가 살극달과 눈이 딱 마주친 것이다.

쿵!

갑판의 뚜껑이 갑자기 닫혔다.

하지만 그것도 잠시, 뚜껑이 또다시 활짝 열리더니 검노가 투덜투덜하며 기어나왔다.

"끝에만 잠깐 봤다, 끝에만."

검노가 애써 변명을 했지만 살극달은 별로 신경을 쓰지 않았다. 검노쯤 되는 위인이 고주일검을 탐낼 이유도 없을뿐더러 설혹 탐낸다 하더라도 달라질 건 없었다.

조빙빙도 별로 개의치 않는 것 같았다.

"어떤가요?"

조빙빙이 가쁜 숨을 몰아쉬며 살극달에게 물었다.

"다섯 초식이 빠졌소."

"제 생각과 같군요."

"알고 있었소?"

"수련을 할 때마다 다섯 곳에서 덜컥거리는 느낌을 받았어요. 초와 초가 매끄럽게 연결되지 않고 갑자기 끊어진다고 할까?"

"그런데 왜 의문을 가지지 않았소?"

"처음엔 저의 자질이 부족한 탓이라고 생각했어요. 무공을 수련하다 보면 그런 식의 벽을 만나는 건 허다한 일이니까. 그런데……"

조빙빙은 잠시 말꼬리를 흐렸다.

이제부터 그녀는 뇌정신군의 가르침을 처음으로 의심하기 시작한 사연에 대해 말을 해야 한다. 사부를 불신하게 된 사정을 이야기하는데 그 어떤 제자가 마음이 편할 것인가.

"어느 날 상단을 이끌고 금사도로 상행을 나갔는데, 거기서 만난 어느 이름 모를 노고수가 저의 싸우는 모습을 보고 그러더군요. 고인을 만나면 큰일을 낼 검공이라고. 연유를 여쭈니 허허롭게 웃고는 사부인 뇌정신군에게 직접 여쭈라고 하더군요."

조빙빙은 명석한 여자다.

그녀가 우둔했다면 자하부의 오공녀가 되지도 못했을 거니와 제약을 걸어둔 검공으로 지금과 같은 성취도 이루지 못했을 것이다.

우연히 만난 노고수를 통해 조빙빙은 사부가 자신에게 전해준 검공에 어떤 사연이 있다는 걸 뒤늦게 깨달았다. 하지만 그녀는 묻지도 않았고 내색도 하지 않았다.

오히려 사부에게 충성을 다했다.

집창촌의 뒷골목에서 그녀를 구해내 새로운 삶을 살게 해준 사람이 바로 사부이기 때문이었다.

조빙빙의 말을 모두 듣고 난 살극달은 모닥불에서 타다 남은 장작개비 하나를 주워 들고는 그녀와 마주하고 섰다.

"내 공격을 막아보시오."

말과 함께 살극달은 그 어떤 예비 동작도 없이 조빙빙을 찔러갔다. 식어가던 장작의 끝단이 바람을 받아 시뻘겋게 달아올랐다.

조빙빙은 전혀 당황하지 않고 한 발을 뒤로 빼는 한편 고주일검의 스물아홉 번째 초식 팔자춘산(八字春山)의 수법을 능숙하게 펼쳤다.

미인의 고운 눈썹이라는 속뜻처럼 협봉검의 검신이 그리는 날렵한 호선이 살극달의 장작을 가볍게 떨쳐 냈다.

타악!

둔탁한 소리와 함께 불똥이 난폭하게 터져 나갔다. 팔자춘산의 초식은 이미 수만 번을 더 수련한 터라 자연스러움이 몸에 밴 터였다.

때문에 조빙빙은 이 한 수로 그야말로 막 찌르기에 불과한 살극달의 초식을 무리없이 제어할 수 있을 거라 여겼고, 실제로도 그렇게 되었다.

하지만 이어지는 살극달의 초식을 맞이하는 순간, 조빙빙은 머릿속이 노래졌다.

장작개비가 살아 있는 뱀처럼 검신을 타고 흐르더니 돌연 방향을 바꿔 버린 것이다. 이어 간단하게 검로를 뚫고 그녀의 얼굴을 덮쳤다.

"앗!"

시뻘건 숯덩이가 닥치자 조빙빙은 저도 모르게 고개를 꺾고 뒷걸음질을 쳤다. 동시에 본능적인 검초를 사납게 뿌려댔지만 살극달의 손에 들린 장작개비는 그때마다 검신을 타고 방향을 바꾸며 조빙빙을 위협했다.

그때부터 싸움은 일방적으로 변해 버렸다.

조빙빙의 보법은 흐트러진 지 오래고 검초는 두서없이 얼굴을 막기에 급급했다.

놀랄 노 자였다.

분명 느리고 평범하기 짝이 없는 초식이었는데 조빙빙은 단 한 번도 반격을 가할 수 없었다. 무언가 방법이 있을 것 같은데, 마땅한 초식이나 검로가 보이지 않았던 것이다.

당황한 조빙빙이 갑판의 뚜껑에 발이 걸려 넘어져서야 살극달은 공세를 멈추었다.

뇌정신군의 진전을 이은 다섯 번째 제자다.

명성에 걸맞지 않은 참혹한 패배와 어이없는 실수에 조빙빙은 쥐구멍이라도 찾고 싶은 심정이었다.

살극달이 주저앉은 조빙빙에게 손을 내밀었다.

갑자기 복받치는 설움에 조빙빙은 울음이 터질 것만 같았다.

조빙빙은 목구멍까지 올라온 울음을 꿀떡 삼키고는 살극달의 손을 외면한 채 검을 바닥에 찍으며 일어섰다. 그리고 다시 검을 고쳐 잡았다.

"방금 내가 펼친 동작을 기억하겠소?"

살극달이 물었다.

"……?"

"스물아홉 번째 초식과 서른 번째 초식 사이에 흐름이 깨져 있소. 이제부터 내가 고주일검의 서른아홉하고도 반 번째 초식을 펼칠 테니 오공녀가 빈틈을 찾아 나를 공격해 보시오."

왠지 모를 섭섭한 마음에 조빙빙은 대답도 않고 곧장 살극달을 찔러갔다. 앞서 살극달이 펼친 것처럼 딱히 이렇다 할 것이 없는 직검이었다.

살극달은 그가 공언했던 것처럼 고주일검의 스물아홉 번째 초식 팔자춘산을 완벽하게 재현해 냈다. 그 순간, 조빙빙의 검이 뱀처럼 구부러지며 장작을 타고 흘렀다. 폭이 좁고 탄력이 좋은 협봉검은 앞서 살극달이 장작으로 펼칠 때와는 비교도 할 수 없을 만큼 날카로운 기세를 뿜어냈다.

그때 변화가 일어났다.

"똑바로 보시오!"

정신이 번쩍 드는 외침과 함께 살극달이 전권으로부터 장작을 쑥 뽑더니 망치질을 하듯 그대로 반원을 그려 조빙빙의 정수리를 가격해 왔다.

대경실색한 조빙빙은 본능적으로 검신을 두 손으로 들고 머리 위를 막았지만 살극달이 빨랐다. 시뻘겋게 달아오른 장작은 조빙빙의 검신 아래, 머리 위 다섯 치쯤에서 멈춰 있었다.

마치 조빙빙이 두 팔을 벌려 살극달의 장작을 감싸 안은 형국이었다. 정수리와 함께 얼굴까지 후끈 달아오른 조빙빙은 낭패감에 스스로 팔을 내렸다.

살극달의 한 수는 분명 충분히 제압할 수 있을 만큼 느렸다. 하지만 실제로는 그렇지 못했다. 앞선 초식을 상대하기 위해 현란한 검초를 뿌리는 바람에 검로를 틀기가 상대적으로 어려웠던 탓이다.

반면, 살극달은 매우 간단한 동작으로 수세를 공세로 역전시켰다.

거기까지 생각이 미친 조빙빙의 얼굴에 화색이 돌았다. 그제야 자신의 검로에 무슨 문제가 있는지를 확연하게 깨달았기 때문이다.

살극달은 고주일검의 스물아홉 번째 초식과 서른 번째 초식 사이에 빠져 있는 한 수를 정확히 파악하고 재현했다.

"어떻게… 어떻게 알아낸 거죠?"

조빙빙은 눈을 동그랗게 뜨고 물었다.

"알아낸 게 아니오. 내가 방금 만든 것이오."

"그, 그게 어떻게 가능하죠?"

조빙빙은 더욱더 눈을 크게 뜨고 물었다.

딱히 대답을 바라고 한 질문은 아니었다. 단지 지금 그녀가 느끼는 놀라움의 감정을 그렇게밖에는 표현할 수가 없었다.

"임시변통으로 만든 거라 완벽하지 않소. 미흡한 부분은 오공녀께서 스스로 메워야 하오. 내 말 무슨 뜻인지 알겠소?"

"꼭 그렇게 하겠어요."

"고주일검은 감각검(感覺劍)이오. 때문에 백 번을 펼쳐도 그때마다 초식이 달라야 하오. 변화(變化)하지 않고 고정되는 순간 고주일검은 죽은 검법이 될 것이오. 하지만 변화라는 것은 본디 반석을 다진 후에야 비로소 완벽해지는 법. 일만격(一萬擊)의 수련을 통해 방금 내가 보인 일 초식을 완벽히 체득하시오. 그런 다음엔 모든 걸 잊으시오."

조빙빙은 자신을 가로막고 있던 벽이 뻥 뚫리는 느낌이었다. 살극달은 다섯 개의 초식이 빠져 있다고 했으니 앞으로 네 개가 더 남아 있었다. 그때마다 살극달은 지금처럼 정성을 다해 가르침을 줄 것이다.

"명심하겠어요."

조빙빙은 두 손을 모으고 공손히 허리를 숙였다.

앞서 살극달이 보인 매정함과는 별개로 조빙빙은 진심으로 고마워했다.

지체할 것도 없다.

인사를 마친 조빙빙은 행여 방금 본 초식의 검로를 잊을세라 돛 뒤편으로 가서 수련을 시작했다.

조빙빙이 떠나자 장자이가 살극달에게 다가왔다.

"왜 검을 뽑지 않고 장작개비를 휘두른 거예요? 어차피 이길 거, 차라리 검으로 했으면 좋잖아요. 그거 당하는 입장에서는 상당히 자존심 상하는 일이라고요. 더구나 여잔데."

"여자이기 전에 검수야."

"누가 그걸 몰라요?"

"사왕검이 지나치게 예리해서 협봉검이 상할 수도 있었어."

"답답해. 당신은 여자를 몰라도 정말 너무 모르는 것 같네요. 검이 상하는 건 안 되고, 여자의 마음이 상하는 건 괜찮나요? 여자는 자존심 때문에 죽고 사는 존재라고요. 더구나 한 걸음만 더 나아가면 좋아할 수도 있을 것 같은……."

"……?"

"휴우, 됐어요. 아무튼, 나한테까지 그렇게 하시면 안 돼요. 잘 알겠지만 난 오공녀와 다르니까. 자, 이제 해봐요."

말과 함께 장자이가 검을 뽑아 들었다.

무슨 좋은 일이라도 있는지 얼굴엔 행복감이 가득했다.

"뭘?"

"저한테도 한 수 가르쳐 줘야죠."

"내가 왜?"

"매상옥은 검노 선배가 봐주고, 오공녀는 당신이 봐줬으니 제게도 뭔가 가르쳐 줘야죠."

"넌 지금도 충분히 강해."

"전 강하지 않아요."

"강해."

"강하지 않아요."

"천하의 누구도 너를 잡을 수는 없지. 그러면 된 거야."

말을 끝낸 살극달은 낮잠이라도 자려는지 선실을 향해 걸음을 옮겼다.

"그런 게 어딨어요!"

장자이가 목에 핏대를 세우고 바락 소리를 질렀지만 살극달은 귓등으로도 듣지 않았다. 그러다 결국에는 갑판 아래로 쏙 사라져 버렸다.

다음날 아침, 조빙빙은 갑판 위에서 홀로 검공을 수련하고 있었다. 살극달에게 새로 배운 두 번째 초식을 수련하기 위해서였다.

멀지 않은 곳에서는 장자이와 검노가 참새처럼 나란히 앉아 조빙빙을 구경하고 있었다.

본시 다른 사람의 수련은 훔쳐보지 않는 것이 무림의 관례였지만 배가 너무 좁은 데다 장자이와 검노가 자꾸만 힐끔거리는 걸 알아차린 조빙빙이 그럴 바에야 그냥 편하게 보라고 허락을 한 것이다.

그때부터 두 사람은 조빙빙의 수련을 지켜보았다. 딱히 할 일이 없어서 더 그랬는지도 몰랐다.

조빙빙이 갑판에서 고주일검을 수련했다면 매상옥은 좁은 선실에 갇혀 몽도류를 수련했다.

술법의 한 종류인 몽도류는 인체를 단련시키기보다는 정신을 단련시키는 학문이자 귀신을 부리는 사술이었다.

검노가 일러준 무리에 심취한 매상옥은 끼니를 때우는 것도 잊은 채 온종일 선실에 갇혀 나오지를 않았다.

오랫동안 앞을 가로막고 있던 벽을 깰 수 있는 깨달음을 얻었을 때의 희열은 겪어보지 않은 사람은 알 수 없었다.

그렇게 두 사람이 뼈를 깎는 수련을 하는 동안 배는 의창(宜昌), 악양(岳陽), 무한(武漢), 호구(湖口), 응천부(應天府) 등을 지나 강동석가가 있는 양주(揚州)에 도착했다. 세 개의 성(省) 수십 개의 도시를 지난 것이다.

양주에서 배는 머리를 돌려 북상했다.

이때부터 물길은 장강에서 경향운하(京杭運河)라는 이름으로 바뀌었다. 바다나 다름없는 장강에 비하면 강폭은 말할 수 없이 줄어들었지만, 여전히 넉넉한 수량을 자랑했다.

그때쯤 매상옥은 허여멀건 얼굴로 선실에서 기어나왔다.

식음을 전폐한 탓인지, 아니면 심력을 지나치게 소모한 탓인지 그는 선실에서 나오자마자 내장을 쏟아낼 것처럼 구역질했다.

검노는 술법을 익히는 과정에서 흔히 있는 일이라고 했지만 장자이는 양주까지 와서 송장 치르는 거 아니냐며 투덜대다가 송장 대신 매상옥과 한바탕 설전을 치렀다.

반면 낮이고 밤이고 갑판을 떠나지 않았던 조빙빙의 얼굴은 묘족 여인의 그것처럼 까무잡잡하게 변해 있었다.

죽립도 쓰지 않고 뙤약볕 아래에서 다섯 개 검초를 각 일만 격씩 수련한 탓인데, 제 몸을 돌보지 않는 그녀의 지독한 독심에 사람들은 혀를 내둘렀다.

그도 그럴 것이, 보름 동안 각 일만 격씩 도합 오만 격을 수련하려면 하루에 최소 삼천 격씩은 수련해야 한다.

말이 쉬워 삼천 번이지 그렇게 수련을 하면 건장한 사내라도 어깨가 남아나질 않는다.

하지만 조빙빙은 했다.

그 결과 조빙빙의 눈동자는 어느 때보다 빛나고 있었다. 다섯 개가 더 붙어 팔십육 초식이 된 고주일검을 마침내 완벽하게 재현해 낸 것이다. 하지만 그것을 감각검으로 승화하기에는 여전히 부단한 노력이 필요할 것이다.

"뭔 놈의 범선이 저렇게 많지?"

검노가 운하를 보며 한 말이었다.

그의 말처럼 운하는 온갖 종류의 배들로 빽빽했다.

장강 하류의 삼각지에 위치한 양주는 매년 엄청난 곡물을 생산해 내는 비옥한 평야는 물론 장강, 운하, 그리고 바다와도 인접한 지리적 여건으로 말미암아 고대로부터 이어져 온 상업도시였다.

그러니 사시사철 물건을 싣고 드나드는 상선들로 북적이는 것은 이상할 것이 없었다. 검노가 이상하게 생각한 것은 평범한 상선뿐만이 아니라 운하에선 좀처럼 보기 어려운 범선들까지 우글거린다는 데 있었다.

그 범선과 상선들은 지금 통운관(通運關) 앞에서 오글오글 모여 있었다.

통운관은 운하를 오가는 배들을 검문하거나 세금을 거두는 곳이다. 하지만 달리 건물이 있는 것은 아니고 단지 수상(水上)에 무관들을 태운 본선(本船) 하나를 띄워 놓고 다시 병졸 십여 명을 태울 수 있는 봉선 십여 척을 부리면서 운하를 지나가는 모든 배를 동시다발적으로 검문하는 것이 전부였다.

하지만 그들이 국법을 수행하는 관리이기에 지닌바 힘은 대단했다. 특히 이곳 통운관의 관리는 황궁에서 직접 파견한 무관(武官)이 담당했다.

벼슬은 정선호(正船戶), 종육품의 품계를 지닌 전투선의 선장으로 유사시 휘하의 소선 십여 척을 거느리고 독자적인 전투를 수행할 수 있었다.

관이 아닌 군문의 무관이 통운관을 관리 감독하는 것은 운하가 황제가 있는 남경까지 직통으로 이어지는데다 거리가 불과 이백 리가 채 안 되기 때문이었다.

어쨌거나 통운관이 가까워지면서 그렇지 않아도 혼잡한 운하가 더욱 혼잡해지고 있었다.

"해동이나 왜국에서 온 무역선들이에요. 저렇게 큰 배들이 한번 정박하면 한동안 양주의 상계가 들썩이죠."

조빙빙이 말했다.

"네가 그걸 어찌 아느뇨?"

검노가 물었다.

"자하부에서 상단을 이끌었어요."

"상단을? 네가?"

"뜻밖인가요?"

"하긴 오공녀였으니 이상할 것도 없지."

하지만 검문을 기다리는 배 중에는 범선과 상선만 있는 것이 아니었다. 상선도 아니고 어선도 아닌 것이, 굳이 말을 하자면 유람선에 가까운 배들도 적지 않았다.

갑판에는 칼을 찬 무림인들이 삼삼오오 짝을 지어 삼엄한 경계를 펼치는 걸로 보아 필시 강동석가에서 열리는 성라대연에 참가하기 위해 중원 각처에서 온 무림인들일 것이다.

수로를 타고 온 문파가 저 정도면 육로를 통해 온 문파는 훨씬 많으리라.

"관군이 검문하는데도 저렇게 태연히 검을 차고 있다니? 저래도 되는 거야?"

검노가 또 말했다.

십 년 넘게 귀도성에만 갇혀 있다가 세상으로 나오니 모든 것이 마냥 신기한 모양이었다.

"만고불변(萬古不變)의 무사통행증이 있는데 무슨 상관이에요?"

장자이가 말했다.

"만고불변의 무사통행증? 그게 뭐냐?"

"뭐긴 뭐겠어요. 바로 재물이지."

말과 함께 장자이가 금전이 가득 든 전낭을 공중으로 던졌다 받기를 반복했다.

검노가 재빨리 무림인들이 타고 있는 배로 시선을 주었다. 마침 그런 배 옆에 봉선 한 척이 착 붙더니 잠시 후 푸른 옷을 입은 관리들이 게처럼 기어 올라갔다.

관리들이 나타나는데도 무림인들은 태연히 검을 가슴에 품고 있었다. 관리들의 삿대질 몇 번과 전낭이 오가기를 한참, 갑자기 관리들이 돛대에 붉은 깃발 하나를 척 묶어주고는 봉선으로 내려갔다.

통과였다.

"쯧쯧쯧. 허가받은 도둑이라더니 말세로다, 말세야."

검노가 혀를 끌끌 찼다.

"백 년 전에도 그랬고 천 년 전에도 그랬을 텐데 무슨 말세까지나."

검노가 '요것 봐라' 하는 시선으로 장자이를 노려보았다. 새파랗게 어린 계집이 또박또박 대꾸를 하는 것이 한편으로는 갈찮기도 하고 한편으로는 맹랑하기도 한 것이다.

전날 장자이의 아비인 도왕의 고명한 점혈 수법에 당한 이후로 부쩍 버릇없이 구는 게 아무래도 뼈를 한번 새로 맞춰줘야 할 듯싶었다.

"가만히 보자 하니까 네년이……."

검노가 쓰으 몸을 돌리며 한기를 흘리는 사이 매상옥이 두 사람 사이에 불쑥 끼어들었다.

"그렇게 따지면 천 년 전에도 말세라고 말하는 사람이 있었고, 백 년 전에도 말세라고 말하는 사람이 있었겠지. 백성이 도탄에 빠지는 것이 염려되어 푸념하시는 걸 가지고 왜 딴죽질이야, 딴죽질이."

"무슨 그런 말도 안 되는."

장자이가 한마디를 툭 쏘아주었다.

그러나 그것으로는 성에 차지 않는지 매상옥을 향해 눈알을 희번덕거리며 말했다.

"몽도류인지 뭔지를 전수받더니 그사이 사제 간의 정이라도 들었나 보지?"

"사제 간이 아니라 주종 간이다."

검노가 버럭 고함을 질러 정정했다.

"그만들 하고 노나 저어."

살극달이 으르렁대던 분위기를 평정했다.

매상옥이 노를 저어 덩치 큰 배들 사이로 평저선을 디밀었다. 머지않아 그들의 차례가 되었다.

처음 뱃전에 올라온 다섯 명의 관군은 '바쁘다 바빠'를 연발하더니 정말로 배를 샅샅이 뒤지기 바빴다.

그러다 선실이 텅텅 비었다는 걸 알아차리곤 결국 사람들이 지니고 있는 병기를 두고 시비를 걸었다.

뱃전에 오르는 순간 병기를 보았으면서도 아무 말 않고 선실부터 뒤진 것은 뭐라도 더 트집 잡을 게 없나 하는 생각에서였다.

트집거리가 크면 뜯어낼 돈도 크지 않겠는가.

"쯧쯧쯧. 지금이 어느 때인데 이런 무시무시한 병기를 휴대하고 다니다니, 거 노인(路引:여행증명서)이랑 호패나 좀 꺼내봐."

다짜고짜 반말에 가당치 않은 협박이었다.

오랜 세월 남만에서 은거한 살극달에게 호패 따위가 있을 리 없고, 귀도성에서 기어나온 검노에게 노인 따위가 있을 리 없다.

"그딴 거 없다."

검노가 퉁명하게 대꾸했다.

"호패와 노인이 없어? 그런데 검까지 지니고 다녀? 이거 완전히 간이 배 밖으로 나온 작자들일세."

이목이 많아서인지, 무관 오십을 태운 본선이 멀지 않은 곳에 있어서인지 무림인이 분명한 사람들을 앞에 두고도 관리들의 기세는 당당했다.

하기야 무림인을 한두 번 상대해 본 것도 아닐 터이니 놀놀한 것도 무리는 아니었다.

그 순간, 장자이가 두툼한 전낭을 주장으로 보이는 관리에게 슬그머니 안겨주었다. 슬쩍 열린 입구 사이로 싯누런 빛깔의 금전이 은근히 드러났다.

일부러 매듭을 단단히 조이지 않음으로써 금전임을 말하려는 장자이의 노련한 술수였다.

"이게 뭐지?"

"척하면 척이지 뭘 그런 걸 묻고 그래요?"

"그러니까 지금 우리를 돈으로 구워삶겠다?"

"알았어요."

장자이가 품속에서 전낭 하나를 더 꺼내 안겨주었다. 하지만 관리는 대충 넘어갈 분위기가 아니었다.

"아무래도 안 되겠군. 노인도 없이 검을 차고 다닌 것만으로도 모자라 이렇게 뇌물질을 하는 걸 보면 보통 수상쩍은 작자들이 아니군. 이봐, 어서 본선에 연락해 이리로 좀 와보라고 해."

말이 떨어지기가 무섭게 관리 하나가 정말로 본선을 향해 호각을 길게 불었다.

이쯤 되니 살극달과 검노, 매상옥, 조빙빙은 뭔가 이상하게 돌아간다는 느낌을 받았다. 뇌물을 원한 것이라면 이쯤에서 물러날 법도 한데 관군의 기세가 워낙 강건했던 것이다.

하지만 그건 네 사람의 순진한 착각이었다.

으름장을 놓은 관리가 손가락 두 개를 오므려 턱밑에 달라붙은 수염 몇 가닥을 연방 쓸어내리는데, 그 동작의 끝에 이르러 동전 모양으로 변한 손가락이 정확히 장자이의 얼굴을 향하고 있었기 때문이다.

결국 뇌물을 더 바치라는 소리다.

장자이가 금전을 지니고 있다는 걸 알고 황금을 더 캐내려는 수작이 분명했다. 이렇게 되면 처음부터 금전을 보인 장자이가 노련한 관리에 비해 수 싸움에서 한 수 뒤졌다고 볼 수 있었다.

"그렇게 처먹다간 배 터지십니다."

장자이가 전낭 하나를 던지듯 안겨주며 툭 쏘아붙였다. 거침없는 조롱에도 불구하고 관리는 입이 귀밑까지 찢어지더니 누가 볼세라 전낭 세 개를 황급히 소매 속에 쑤셔 넣었다. 그러고는 붉은 기 하나를 던지듯 건네주고 슬그머니 사라졌다.

통과였다.

"쯧쯧쯧. 만고불변 어쩌고 하더니 금전을 대체 몇 개나 바친 거야? 그 돈이면 이런 배 세 척도 사고 남겠다."

관리들이 사라지자 이때다 싶었는지 검노가 면박을 주었다.

"누가 금전을 줬다고 그래요?"

"내가 분명 보았는데?"

"처음 준 전낭의 맨 위에 딱 한 개만 금전이었고 나머지는 전부 철전이었어요. 한 백 냥쯤 되려나?"

백 냥이면 작은 액수는 아니지만 노인도 없이 검을 찬 자들이 배를 타고 운하를 통과할 정도의 큰 액수는 아니었다. 오히려 턱도 없이 작은 금액이었다.

장자이의 잔꾀에 사람들은 입이 떡 벌어졌다.

수 싸움에서 졌다고 생각했는데 전혀 아니었다.

장자이가 씨익 웃으며 말했다.

"눈치채기 전에 빨리 뜨자고요."

*　　　　*　　　　*

　난간을 따라 화포 십여 문을 도열해 놓은 통운관의 관선 위에는 한 명의 사내가 몰려드는 배들을 조망하고 있었다.

　장대한 기골에 번쩍이는 미늘 갑옷을 입고 육 척의 장검을 굳세게 쥔 무장(武將)은 남경에서 파견한 통운관의 감독관 곤오(琨傲)였다.

　그의 앞에는 주변의 여타 무관들과 달리 청의 경장에 장검을 찬 사내가 서 있었다. 관자놀이를 향해 가늘게 뻗은 두 개의 눈초리가 흡사 칼날처럼 날카로운 것이 한눈에 보기에도 예사롭지 않은 인물이었다.

　강동석가에서 나온 조철건이라던가?

　관인과 무림인이라는 이 어울리지 않는 조합은 사흘 전 곤오가 받은 한 통의 서찰 때문에 벌어진 일이었다.

　그날 곤오는 자신의 인사권을 좌지우지하는 정사품의 지휘첨사(指揮僉事)는 서신을 통해 '강동석가에서 사람이 찾아갈 것이다. 불문곡직 협조를 해라' 라는 말을 들었다.

　그렇게 해서 나타난 자가 바로 저자, 조철건이었다. 필시 강동석가가 조정의 인맥을 동원한 것이 분명한데, 첫날 곤오가 궁금했던 것은 왜 굳이 자신을 통하지 않고 윗전을 움직였느냐는 것이다.

강동석가는 이곳 양주구의 통운관 관리 노릇 십 년째인 곤오조차도 어지간히 알고 지내는 터였는데 말이다. 하지만 머지않아 곤오는 그 이유를 알 수 있었다.

조철건은 이곳 통운관을 통과하는 모든 배를 검문하고자 했다. 그 배에 탄 사람들의 숫자는 물론 인상착의까지.

때문에 곤오는 수하들을 닦달해 전에 없이 강도 높은 검문을 할 수밖에 없었고, 보고가 올라오는 즉시 조철건에게 그대로 보고를 해야 했다.

배알이 뒤틀리지만 어쩔 수 없었다.

조철건의 한마디면 그의 목은 내일 당장에라도 떨어질 수 있기 때문이었다.

그때 좀 전에 봉선을 타고 나갔다가 호각을 불었던 수하가 돌아왔다. 뇌물을 두둑이 챙겼을 터인데도 놈의 얼굴은 어쩐 일로 썩어문드러져 있었다.

"무슨 일이냐?"

곤오가 물었다.

"별일 아닙니다."

수하가 곁에 있는 조철건을 힐끗 바라본 후 기어들어 가는 목소리로 말했다. 받은 뇌물에 무슨 문제가 있는 모양인데,

차마 조철건 앞에서는 그 말을 할 수 없는 것이다. 본시 이곳 통운관에서 받은 뇌물은 칠 대 삼의 비율로 곤오가 갖고 나머지는 수하들이 챙겨왔다.

"인상착의는?"

곤오가 일부러 화제를 돌렸다.

호각은 무림인이 나타났을 경우에 불기로 한 신호였고, 수하가 만나고 온 자들은 분명 무림인일 것이다.

"젊은 계집 둘과 사내 둘, 그리고 늙은이 하나였습니다. 모두 하나같이 흑의 장삼을 입었는데 계집들은 미색이 출중했습니다. 첫 번째 계집은 샐쭉하니 찢어진 눈매에 볼은 발그레하고 허리는 낭창낭창했습니다. 두 번째 계집은 까무잡잡하게 탄 얼굴에 주근깨가 오종종하니 뿌려져 있었는데 얼핏 수수한 듯하면서도 한줄기 은은한 기품이 흘러나오는 것이……."

수하의 말이 멈추었다.

곁에서 듣고 있던 조철건이 손을 들어 제지했기 때문이다. 곤오가 퉁명한 얼굴로 조철건을 바라보며 물었다.

"뭐가 마음에 안 드십니까?"

"저런 추상적인 미사여구는 누구에게 갖다 붙여도 말이 될 것이오."

"하면……?"

"병기, 그리고 신체적 특징에 대해 알고 싶소."

곤오는 뒤돌아 인상을 와락 구겼다.

직접 말해도 될 것을 굳이 이런 식의 절차를 거치는 것은 사실 곤오가 자처한 것이었다. 최소한 다른 사람이 자신의 수하들에게 명령을 내리는 상황만큼은 볼 수 없어서 피하고 싶었던 것인데, 지금에 와서 보니 오히려 자신이 조철건의 수족처럼 전락해 버린 것이다.

"들었지?"

곤오는 조철건의 말을 그대로 넘기면서 땅에 떨어진 체통을 조금이나마 지키고자 했다.

"알겠습니다. 병기와 신체적 특징에 국한해서만 말을 하자면, 수수한 계집은 협봉검을 찼고, 화려한 계집은 소월도를 찼는데 미색이 뛰어나다는 것 외에는 별다른 특징이 없었습니다. 그리고 검을 찬 야성적인 사내와 낫 두 자루를 등에 엇질러 멘 뚱보와 은발을 뒤로 잘끈 동여맨 늙은이가 있었습니다."

"은발?"

조철건이 호기심을 보였다.

"그에 대해 자세히 말해보아라."

행여 조철건이 직접 명령을 내릴세라 곤오가 재빨리 수하에게 명령을 내렸다.

"그게 전부입니다. 작달막한 키에 흑의 장삼을 걸치고 허리를 질끈 동여맨 모습이 흡사 개미처럼 보였다는 것 말고는 별다른 특징이 없었습니다."

"손목에 철구를 매달고 있지 않았소?"

조철건이 물었다.

"그런 건 없었습니다."

"쇠사슬을 매단 흔적도?"

"전혀요."

"분명 늙은이였소?"

"확실히 쭈글탱이 늙은이였습니다."

"수고했소."

조철건이 대화에 방점을 찍었다.

수하들이 조철건과 곤오를 번갈아 보며 눈치를 살폈다.

"물러가라."

곤오는 수하들을 물린 후 조철건에게 은근한 목소리로 물었다.

"찾는 사람이 은발을 지녔습니까?"

"……?"

조철건이 고개를 돌려 곤오를 응시했다.

그저 시선을 마주쳤을 뿐인데 곤오는 찬물을 뒤집어쓰는 것처럼 소름이 돋았다.

"은발에 관심을 보이시기에……."

"내가 찾는 자는 따로 있소. 은발의 철구는 우연히 들은 또 다른 사람에 관한 이야기고."

"그렇군요. 하면 찾는 사람은 어떻게 생겼습니까?"

"……?"

다시 한 번 서늘한 눈동자가 곤오를 향했다.

아까와 달리 훨씬 살기등등했다.

"내 충고 한마디 해도 되겠소?"

"말씀… 하십시오."

"오래 살려면 무림사에 관심을 끄시오."

"……!"

第十一章
십패(十霸)의 후예들

　배는 운하를 타고 오르다가 양주구(揚州溝)로 접어들었다. 구(溝)란 운하와 주변의 담수호를 이어주는 수로를 말한다.

　수로라고는 하지만 사람이 수시로 빠져 죽을 만큼 깊고 넓은 곳도 많고, 경우에 따라서는 어지간한 강에 육박하는 곳도 있다.

　양주구는 도랑이라고 하기에는 좀 크고 강이라고 하기에는 턱없이 작았다.

　물안개가 자욱한 도시는 몽환적이었다.

오래된 골목과 고택, 그리고 고택들 사이를 가로지르는 도랑을 따라 흐른 지 반 시진, 갑자기 수변에 즐비하던 고택들이 사라지고 기묘한 모양의 드넓은 물이 나타났다.

양주 최대의 호수 수서호(瘦西湖)였다.

양주에서 멀지 않은 항주(杭州)의 서호(西湖)에 비하면 물줄기는 가늘어도 풍광이 수려해 수서호라 이름 붙은 이 호수는 본시 소금산(小金山)을 감돌아 흐르던 강이었다.

오랜 세월에 걸쳐 물길을 다스리는 한편 원림을 축조하여 오늘의 호수가 만들어졌는데, 곳곳에는 아직도 강이 흐르던 시절의 흔적이 남아 있었다. 물줄기가 구불구불 굴곡을 이루며 이어지고 넓어지기를 반복하는가 하면 어느 시점에 이르면 양쪽 수변에 무성한 수림이 펼쳐졌던 것이다.

이처럼 호수이면서 강이기도 한 수서호의 풍경은 그야말로 선경이 따로 없었다. 그 호수의 저편, 광활한 수림을 병풍처럼 두르고 자리한 대저택이 있었다. 천하십패 중 강동의 패자를 자처하는 강동석가였다.

거대 문파는 그것을 지탱할 수 있는 경제적 기반을 필수로 동반한다. 평생 노동은 않고 오직 무공 수련만 하며 먹고사는 제자가 작게는 수백 명에서 많게는 천여 명에까지 이르는 문파들이 땅을 파먹고 살 수는 없는 노릇이었다.

소림, 청성, 무당, 화산처럼 종교에 바탕을 둔 문파는 신심

깊은 신도들의 헌금이나 거부들의 후원이 경제적 기반의 핵심이 된다.

독의 조종으로 유명한 사천당가는 당가타에 운집한 의원들이 벌어들이는 막대한 수입이 기반이 된다. 본시 독과 약은 둘이 아닌지라 사천당문의 의술은 당금 제일의 반열에 오르는 데 손색이 없다.

기마민족의 후예인 요동의 모용세가는 지형적 특징을 이용해 광활한 목장에서 길러내는 질 좋은 말이 주요 수입원이다. 중원의 어느 문파도 모용세가만큼 좋은 말을 생산해 내지 못한다.

이렇듯 거대 문파들은 정체성에 따라, 지닌바 재주에 따라, 혹은 지형적 특징을 이용해 누구도 넘볼 수 없는 자신들만의 독보적인 영역을 확보한다.

하지만 그렇지 않은 예도 있었다.

이를테면 상업, 농업, 농장이 그런 경우였다.

이런 종류의 업종들은 당대를 사는 사람이라면 누구나 어지간히 할 수 있는 것들이었고, 힘이 뒷받침된다면 상당한 양의 재물을 축적할 수도 있었다.

경쟁자들이 많다는 얘기다.

때문에 이권을 놓고 벌이는 다툼이 잦아질 수밖에 없었고, 사람이 죽어나가는 것은 예사였으며, 심한 경우 문파 하나가

박살이 나 역사의 뒤안길로 사라지기도 한다.

장강 하류의 삼각지를 일컫는 강동의 대도시에 있는 수많은 무림문파들은 상업을 기반으로 성장해 왔고, 수백 년간 전쟁을 방불케 하는 싸움을 벌여왔다.

그리고 지금은 강동석가의 시대였다.

그 위세를 말해주듯 강동석가가 자리한 호반엔 쪽배 하나 없이 깨끗했다. 반면 강동석가로부터 떨어진 호반은 여곽과 기루로 문전성시를 이루었다.

"양주에 떠도는 말에 강동석가의 앞을 지날 때는 말에서 내려 걸어가야 한다는 말이 있죠. 강동석가의 위세가 하늘을 찌르기에 생겨난 말인데, 이면에는 가주이자 천하삼대 검객인 하일검제(河日劍帝) 석단룡을 흠모하는 마음에 사람들 스스로 자처한 면도 있지요."

조빙빙이 강동석가를 바라보며 말했다.

"그를 흠모할 이유라도 있소?"

살극달이 물었다.

"무림문파들 사이에선 냉혹하고 잔인한 사람이지만 장강과 운하를 오가는 상단들에겐 그야말로 수호신과 같은 존재거든요."

"자세히 듣고 싶소."

"기억하는 사람들이 많지 않지만 강동석가의 전신인 석가장(石家莊)의 역사는 송대로 거슬러 올라가요. 백여 년 전까지만 해도 지방의 무가에 불과했던 석가장은 지난날 곤륜에서 있었던 백백교와의 대전에서 혁혁한 공을 세운 석단룡이 가주가 된 이후 강동석가라는 이름으로 거듭 태어났죠. 그는 어린 시절부터 용의 운명을 타고난 듯했어요. 수백 년 역사에도 불구하고 육성의 벽을 뚫은 사람이 없었던 가문비전의 불고검(不顧劍)을 칠성까지 대성한 그는 단숨에 강동의 신룡으로 거듭났어요. 그리고 가주가 되자마자 양주 인근의 장강과 경항운하를 따라 들끓던 수적들을 모조리 토벌, 오늘의 양주가 번영할 수 있는 기반을 만들었죠. 지금도 양주를 중심으로 한 인근 삼백 리에는 수적들이 감히 수채를 열 생각을 못하는 게 바로 그 사람 석단룡 때문이에요."

"석단룡인지 뭔지 하는 작자 얘기는 나중에 듣고 일단 배부터 좀 채우자. 며칠 동안 불쏘시개가 없어 물고기를 날로 먹었더니 뱃속에서 회충이 우글우글하는 것 같아."

검노가 아랫배를 쓰다듬으면서 말했다.

살극달이 고개를 끄덕이자 매상옥이 배를 기루와 여곽이 즐비한 호반으로 몰아갔다. 호반이라고 해서 아무 곳이나 배를 댈 수 있는 것은 아니었다.

일행은 여곽이 시작되는 거리의 서쪽 포구에 배를 댔다. 하지만 포구엔 배가 이미 만원이었다. 앞서 경항운하에서 본 무림인들의 배도 여러 척이었다.

매상옥이 커다란 배들을 비집고 가까스로 배를 대자 살극달이 훌쩍 뛰어내렸다. 검노, 매상옥, 조빙빙이 뒤를 이었다.

"배는 어떡하고요?"

장자이가 목을 쭉 빼고 물었다.

살극달은 귓등으로도 듣지 않고 휘적휘적 걷더니 순식간에 인파 속으로 묻혀 버렸다. 장자이는 주먹 쥔 손을 부르르 떨었지만 뾰족한 수가 없었다. 남녀 관계는 좋아하는 사람이 노예가 된다더니 딱 그 짝이었다.

호반을 따라 형성된 거리는 칼 찬 사람들로 북적였다. 중원 각처에서 성라대연에 참가하기 위해 온 무림인들이었다.

황제가 사는 남경이 멀지 않은 터에 이토록 많은 무림인이 집결해 무림대회를 연다는 것이 얼핏 보면 이해할 수 없는 부분이었지만, 한편으로는 강동석가가 황실에 어느 정도의 힘을 쓸 수 있는지를 보여주는 방증이기도 했다.

어쨌거나 무림인들의 집결로 호반의 객점과 여곽 등은 때 아닌 성시를 이루었다. 살극달은 일행과 함께 무려 다섯 곳이나 얼굴을 디밀었지만, 말을 한번 붙여보기도 전에 점소이에게 쫓겨났다.

자리가 없기 때문이었다.

장자이는 세상사 유전사귀신(有錢使鬼神:돈만 있으면 귀신도 부릴 수 있다는 뜻)이라며 호탕하게 앞장을 섰지만, 반 시진도 안 되어 세상에는 돈으로도 안 되는 게 있다는 걸 보여주었다.

"대체 왜 이렇게 사람이 많은 것이냐?"

검노가 물었다.

"강동석가에서 내방객들을 엄하게 선별하기 때문이랍니다. 본시 성라대연은 주최하는 문파에서는 흑백을 구분하지 않고 무림인들을 받아들여 음식과 잠자리를 제공하는 것이 전통이었는데, 올해는 사람들이 너무 많이 몰려 부득불 제한을 두었다고 합니다. 그 덕분에 강동석가로 들어가지 못한 사람들이 인근 여곽과 기루를 싹쓸이했다는군요."

매상옥이 말했다.

"자격은 어떤 기준으로 준다더냐?"

"신분이 확실한 사람이랍니다."

"무림인 중에 신분이 확실한 사람이 몇 명이나 있다고. 쯧쯧쯧."

"무림인의 신분 증명은 양민의 그것과는 좀 다르지 않겠어요?"

장자이가 말했다.

사람들의 시선이 장자이를 향했고, 장자이가 재우쳐 말

했다.

"무림에서 신분이 확실한 사람이 뭐겠어요? 당연히 영향력 있는 문파의 제자들이나 이름깨나 날린 사람들이지."

그럴듯한 말이었다.

결국 쭉정이들은 모두 걸러내겠다는 것인데, 한편으로는 이해가 가지 않는 것도 아니었다. 강동석가가 제아무리 재물이 많고 넓은 장원을 지녔다고 해도 이 많은 사람을 다 먹이고 재워줄 수는 없는 노릇이었다.

그때였다.

"혹시 조빙빙?"

갑작스러운 목소리에 사람들이 뒤를 돌아보았다.

일행으로부터 멀지 않은 곳에 한 무리의 무인이 서 있었다. 소매와 깃에 자주색 테를 두른 백의 장삼을 입고 자건(紫巾)을 썼으며 한 손에는 용두장검을 든 젊은 검수들이었다.

모두 합해 십여 명. 하나같이 용 같고 범 같은 무인들이었는데 그중에서도 유독 눈에 띄는 이가 있었다. 똑같은 복색에 똑같은 검갑을 들었는데도 불구하고 군계일학(群鷄一鶴)처럼 용모 준수한 이십대 후반의 젊은 검수였다.

백옥처럼 희고 투명한 얼굴에 시커먼 눈썹, 그 아래 자리 잡은 별빛 같은 눈동자는 누구라도 한 번 보면 잊을 수 없을 만큼 잘생긴 사내였다.

조빙빙을 부른 것은 바로 그 사내였다.

더욱 놀라운 것은 조빙빙의 반응이었다.

"제 오라버니……!"

살극달을 포함한 일행이 약속이나 한 듯 뜨악한 얼굴로 조빙빙을 바라보았다.

근자에 들어 제법 웃기도 하고 다른 사람들과 말도 섞고 하지만, 자하부의 혈사가 있기 전만 해도 조빙빙은 얼음 덩어리 그 자체였다.

오죽하면 별호가 소리비검일까.

한데 그녀가 오라버니라고 부르는 사람이 존재할 줄이야.

"맞구나. 아니면 어쩌나 했는데."

이번에도 조빙빙의 역용이 통하질 않은 모양이었다. 아니면 백의사내의 눈썰미가 예사롭지 않았던지.

'제 오라버니'라고 불린 사내가 성큼 다가서더니 조빙빙의 두 손을 덥석 잡았다. 이 얼떨떨한 상황에 검노, 장자이, 매상옥은 어쩐지 은근한 배신감까지 들었다.

나름 조빙빙과 가까워졌다고 생각했는데 자신들보다 더 가까운 사람이 있었던 것이다. 자신들은 어떻게 해도 조빙빙의 손을 저렇게 자연스럽게 잡을 수 없었다.

"자하부에 변고가 있었다는 얘기는 들었다. 혹시나 다쳤으면 어쩌나 걱정했는데, 이렇게 무사해서 다행이다. 정말 다행이야."

"제 오라버니도 강녕하셨어요?"

"하하하, 나야 워낙 생각없이 잘 먹고 잘 자니까."

"제검성의 삼공자가 식음을 전폐하고 수련하는 무공광이
라는 건 천하가 다 아는데 무슨 그런 거짓부렁을 하세요?"

조빙빙은 은연중에 상대의 신분을 살극달에게 말함으로써
쓸데없는 오해를 피하고 싶었다. 살극달이 어떻게 생각하는
지는 알 수 없다.

하지만 검노와 매상옥, 그리고 장자이는 은근한 질투를 하
고 있음이 분명했다. 제검성의 삼공자라는 말에 아주 잠깐 뜨
악한 얼굴을 했을 뿐, 곧장 마주 잡은 두 손과 제검성의 삼공
자 제운학을 희번덕거리며 번갈아 보는 것만으로도 알 수 있
었다.

한마디로 '제검성의 삼공자면 삼공자지 왜 조빙빙의 손을
막 잡고 난리야?'라는 얼굴이었다.

조빙빙은 더는 오해를 받기 싫어 손을 빼려고 했지만 소용
없었다. 제운학은 잃어버린 누이를 만나기라도 한 사람처럼
조빙빙의 두 손을 꼭 잡고 놓아주질 않았기 때문이다.

"여기서 이럴 게 아니라 어디 잠깐 들어가서 그동안 어떻
게 지냈는지 얘기나 들어볼까?"

"그렇잖아도 반 시진째 알아봤는데 자리가 통 없대요."

"그래?"

제운학이 함께 온 동료들을 향해 말했다.

"모두 흩어져 자리 하나 만들어봐. 근동에서 가장 깨끗하고 조용한 곳으로. 필요하다면 기루 하나를 통째로 빌려도 좋아."

"예!"

우렁찬 고함과 함께 십여 명의 검수가 파편처럼 흩어졌다. 복색이 동일하기에 같은 항렬의 제자인 줄 알았더니 수하들인 모양이었다.

조빙빙이 곤란한 얼굴로 살극달을 바라보았다.

자신은 단지 자리가 없더라는 말만 했을 뿐인데 제운학은 자리가 없어서 동석할 수 없다는 말로 알아듣고 없는 자리를 만들라고 지시한 까닭이었다.

조빙빙은 살극달이 동의하지 않는다면 제운학을 따라가지 않을 작정이었다. 하지만 살극달은 조용히 고개를 끄덕여 승낙의 표시를 했다.

*　　　*　　　*

제운학의 수하들이 일각 만에 마련한 자리는 호반의 서쪽 끝에 자리한 기루였다. 황금빛 잉어가 노니는 커다란 연못을

십여 개의 아담한 정자(亭子:벽이 없는 건물)가 둘러싼 곳이었다.

제운학의 수하들은 그 정자 하나를 통째로 빌렸다. 정자는 돈은 얼마가 들어도 좋으니 조용한 곳을 고르라는 제운학의 말에 완벽히 부합되는 것이었다.

어디선가 금(琴)을 뜯는 소리와 연못의 주변과 건너편 정자에는 또 다른 손님들이 여럿 든 모양이었지만 나무와 정자의 위치를 묘하게 배치해 서로 볼 수가 없도록 만들어져 있었다.

초장부터 비싼 태가 폴폴 나더라니 머지않아 휘황찬란한 음식과 향기로운 술들이 한 상 딱 부러지게 차려져 나왔다.

"인사들 나누셔요. 이쪽은 제검성의 삼공자이시고, 이쪽은… 저의 일행입니다."

조빙빙이 어정쩡하게 일행을 소개했다.

"제운학입니다."

제운학이 의자에서 일어나 포권지례를 했다.

조빙빙의 일행이라는 말 때문인지 지난바 신분이 상담함에도 불구하고 정중하기 짝이 없었다. 또한 동작 하나하나에 더할 수 없는 기품이 흘러나왔다. 상대를 존중하면서도 그 자신의 무게감을 잃지 않는 것이 명가의 후예임을 다시 한 번 느낄 수 있었다.

"장자이라고 해요."

"매상옥이외다."

"검노다."

"살극달이오."

검노와 살극달이라는 한마디에 제운학의 눈동자가 딱딱하게 굳었다.

제검성은 천하십패 중 한 곳. 당연히 막강한 정보력을 지녔고, 자하부의 혈사에 관해서도 이미 충분히 파악했을 것이다.

그 혈사에 핵심적으로 오르내리는 인물 중 두 개의 이름이 바로 살극달과 검노일 터인데, 제검성의 삼공자인 제운학이 그걸 모를 리 없는 것이다.

"이런, 그렇게 유명하신 분들인 줄 몰랐습니다."

"내가 그렇게 유명한가?"

검노가 물었다.

"철수신룡과 이원로, 삼뇌, 일, 이, 삼공자를 차례로 죽이고 자하부를 독고설란 부주께 돌려 드렸다지요? 강호엔 벌써 은둔고수가 나타났다고 소문이 자자합니다."

"뭐?"

검노는 뜨악했다.

살극달을 통해 자신이 철수신룡 등을 죽인 흉수로 지목받고 있다는 걸 알고 있었지만, 이렇게 바깥에서 강호인을 통해 직접 들으니 그 억울함이 더했다.

하지만 굳이 변명을 하고 싶지도 않은 것이, 살극달보다는
천하의 시선이 자신에게로 쏠리는 것이 가히 나쁘지 않았던
탓이다. 그렇다고 옴팡 뒤집어쓰자니 그건 또 그것대로 억울
했다.

"꼭 그렇지는 않네."

"무슨 말씀이신지요?"

일견하기에도 까마득한 무림의 선배인 탓인지, 아니면 검
노가 펼쳤다는 그 막강한 무공 탓인지 제운학은 거침없는 검
노의 하대에도 불구하고 인상 한번 찡그리지 않았다.

"내가 진짜 본 실력으로 죽인 사람은 철수신룡과 이원로뿐
이야. 나머지는 칠성패를 빼앗기 위해 자기들끼리 치고받다
가 반쯤 죽거나 도망갔지. 난 후환을 없애기 위해 단지 그것
들을 뒤처리했을 뿐이고."

검노는 자신이 들은 이야기와 사실을 기초해 크게 체면을
손상하지 않는 선에서 적당히 말을 지어냈다.

살극달은 속으로 크게 흡족했다.

자신의 입장에선 검노가 지나치게 강한 사람으로 인식되
는 것이 부담스러웠는데 저렇게 알아서 착착 이야기를 꾸며
주니 얼마나 좋은가.

만약 검노가 그 많은 사람을 전부 죽였다면 전 강호가 그의
내력을 조사하기 위해 눈에 불을 켤 것이다. 그렇게 강한 사

람이 튀어나오면 모두가 경계하기 때문이다.

"아, 그런 사정이 있었군요. 그렇다고 해도 정말 대단하십니다. 무림말학, 오늘 운이 좋아 이렇게 또 한 분의 고명하신 노선배님과 교분을 나누게 되는군요."

"껄껄껄. 그 친구 제법 말을 할 줄 아는구먼."

기분이 좋아진 검노가 어울리지 않게 근엄한 웃음을 터뜨렸다.

제운학은 또 살극달을 향해서도 말했다.

"듣자 하니 뛰어난 기지와 명석한 두뇌로 결사대를 모집하고 노룡이 가짜라는 걸 밝혀내셨다지요?"

"운이 좋았습니다."

"하하, 그게 어디 운으로 될 말입니까. 겸손의 뜻인 줄은 알겠습니다만, 정말 감탄했습니다."

살극달은 더는 대꾸를 하지 않았다.

제운학은 지금 자신과 검노를 넘겨짚어 보고 있었다. 어느 날 갑자기 튀어나와 한 명은 뛰어난 통찰력으로, 또 한 명은 엄청난 무력으로 반년이나 이어진 자하부의 내분을 평정했으니 궁금해하는 건 당연했다.

문제는 살극달이 호락호락하게 당해줄 위인이 아니라는 데 있었다.

살극달이 말이 없자 조빙빙은 마음이 불편했다.

살극달이 지금의 자리를 불편해서 그러는 건지 알 수가 없기 때문이었다.

갑자기 대화가 끊어지며 분위기가 서먹서먹해졌다. 장자이가 그 분위기를 다시 화기애애하게 바꿨다.

"그런데 제 공자께서는 오공녀와 어떻게 아는 사이신지요?"

대단한 신분 때문인지, 아니면 잘생긴 외모 때문인지, 그도 아니면 둘 다이기 때문인지 장자이의 목소리는 나긋나긋하기 짝이 없었다.

매상옥은 저도 모르게 입맛이 떨떠름했다.

제운학은 누이를 바라보는 오라버니처럼 자애로운 눈길로 조빙빙을 한차례 바라보고는 천천히 입을 열었다.

"저도 제검성에서 상단을 이끕니다."

"삼공자께서 상단을요?"

"그때가 아마 삼사 년 전이었지요?"

바다를 연하고 있는 산동의 제검성이 바다로 진출하는 것은 그리 이상한 일이 아니었다. 무슨 일이든 일단 맡긴 일은 문파의 역사를 새로 쓸 정도로 똑 부러지게 해내는 제운학이 발해만을 넘어 동해까지 상단을 이끌고 내려온 것도 이상한 일이 아니었다.

하지만 두 사람이 동남해를 휩쓰는 바다의 신 해백(海伯)이 이끄는 십여 척의 해적선단을 만나 동시에 쫓기게 된 것은 정말 이상한 일이었다.

지금도 그랬지만 그때도 해적들은 약탈만큼이나 인신매매를 즐겼다. 특히 부호의 핏줄이나 거대 문파의 사람들을 손에 넣으면 엄청난 양의 몸값을 받고 살려 보내주는 인질 장사도 서슴지 않았다.

그들은 육지의 문파를 두려워하지 않았다.

뭍에서야 어쩔 수 없겠지만 일단 바다에서는 그들이 생사를 주관하는 신이었기 때문이다. 때문에 천하의 그 어떤 무림 문파도 감히 복수할 엄두를 내지 못했다.

바다 위에서 우연히 만난 제운학과 조빙빙은 양자 간의 선단을 하나로 합쳐 필사적으로 대항했지만 포탄을 소나기처럼 퍼부어대는 해백의 선단을 당할 수는 없었다.

결국 수하들 대부분을 수장시킨 다음에야 두 사람은 사로잡혔고, 서로의 신분을 속이기 위해 가문을 상징하는 문장기를 모두 없앤 후 그저 그런 가문의 상단을 이끌고 나온 철모르는 오누이처럼 행세했다.

그렇게 해서 눈을 가린 채 바다 한가운데 있는 해적의 소굴로 끌려간 두 사람은 발밑까지 물이 차오르는 좁디좁은 동굴 속에서 사흘 밤을 함께 보냈고, 조빙빙의 몸에서 열이 펄펄

끓던 밤 제운학은 기지를 발휘, 간수를 죽인 후 동굴에서 탈출해 배를 훔쳐 타고 해적들의 소굴에서 도망 나올 수 있었다.

"그때 오라버니라고 부르기 시작한 게 어쩌다 보니 지금까지 부르게 되었네요."

조빙빙이 수줍은 얼굴로 말했다.

그러고는 사람들 몰래 살극달의 눈치를 살폈다. 살극달의 얼굴에선 도무지 감정이라고 할 만한 것이 없어서 화를 내고 있는 건지 관심이 없는 건지 알 수가 없었다.

하지만 다른 사람들은 달랐다.

장자이는 놀랍다는 얼굴이었고, 매상옥은 무슨 생각에선지 제운학을 향해 가자미눈을 떴고, 검노는 이제 그런 얘기는 그만하고 음식이나 좀 먹자는 얼굴이었다.

"사흘 밤을 함께 보냈다고요?"

장자이가 살극달을 힐끗 곁눈질하며 물었다.

조빙빙의 얼굴이 딱딱하게 굳었다.

장자이의 말 속에 어쩐지 뼈가 있는 것이, 이 기회에 자신과 제운학을 하나로 엮어버리고 싶어한다는 것을 느꼈기 때문이다. 조빙빙은 자신도 모르게 자꾸만 살극달의 눈치를 살피게 됐다.

그런 사정을 아는지 모르는지 제운학이 하하 웃으면서 말했다.

"사흘인지 닷새인지 알 수가 없어. 해가 비치지 않으니까 도무지 시간 가는 줄을 모르겠더라고. 바닷바람은 또 어찌나 차가운지 아주 혼쭐이 났지. 평생 떨 거 그때 다 떤 것 같아. 빙빙, 우리 언젠가는 반드시 돌아가 그놈들을 쓸어버리자."

조빙빙은 쓰게 웃으며 고개를 끄덕였다.

"쓸든 바르든 나중에 하고, 우선 요기나 하세나. 껄껄껄."

검노가 호탕하게 웃으며 말했다.

모처럼 무림의 큰어른 대접을 받는 터에 경박하게 젓가락을 들어 상대의 말을 끊을 수 없었던 검노는 속이 허해 죽을 지경이었다.

"이런, 그러고 보니 제가 술도 한잔 올리지 않았군요."

제운학이 서둘러 호리병을 집어갔다.

검노가 마른침을 꿀꺽 삼키며 술잔을 집어 들고 호리병 주둥이에 가져다 대는 순간, 제운학의 표정이 딱딱하게 굳었다.

그의 시선은 검노의 뒤쪽을 향하고 있었다.

사람들의 시선이 모두 뒤쪽을 향했다.

흡사 선녀가 하강한 듯한 기녀 대여섯 명이 비단 궁장을 사각거리며 나타나더니 사뿐사뿐 정자로 들어왔다. 그러곤 사내들 사이사이에 앉기 시작했다.

지금 이 자리에는 조빙빙과 장자이도 있었다.

여자가 끼어 있는 술자리에 기녀를 부르는 것이 무림인들 사이에서는 흔한 일이었지만, 정작 여자들 입장에서는 달가울 수만은 없었다.

아니나 다를까, 장자이의 낯빛이 뜨뜻미지근해졌다. 그런 장자이의 기분을 아는지 모르는지 검노와 매상옥은 입이 떡 벌어졌다. 두 여자의 입장을 헤아리기에는 나타난 기녀들의 미색이 워낙 출중했기 때문이다.

그 순간, 제운학의 입에서 서늘한 음성이 흘러나왔다.

"이게 무슨 비례야?"

정자 바깥에 시립해 있던 제운학의 수하 중 검상의 사내 하나가 놀란 표정으로 한 걸음 다가서며 말했다.

"죄송합니다. 미리 말을 해두었는데……."

검상의 사내는 이어 기녀들을 향해 말했다.

"내가 분명 조용히 술만 마시겠다고 했거늘."

"하하하. 내가 보낸 거요."

호탕한 웃음소리와 함께 뒤편의 수양버들 아래로부터 이 남일녀가 일단의 무리를 거느리고 나타났다.

첫 번째 사내는 화려하게 수를 놓은 비단 장포에 보옥(寶玉)으로 치장한 패검(佩劍)을 들었다. 제운학에게는 다소 못 미치지만 역시나 준수한 용모 깊숙하게 박힌 눈동자에서는 예사롭지 않은 안광이 흘러나왔다.

두 번째 사내는 푸른빛이 은은하게 감도는 비단 장포에 역시나 장검을 들었는데, 양미간 사이를 벼락처럼 가로지른 검상이 있었다.

죄다 미공자들만 모아놨는지 두 번째 사내 역시 자세히 뜯어보면 빼어나게 잘생긴데다 기품까지 넉넉한 얼굴이었는데, 얼굴의 정중앙을 가로지르는 검상으로 말미암아 그 준수함은 섬뜩함으로 바뀌어 버린 것 같았다.

마지막으로 여자는 그야말로 입이 쩍 벌어지는 미녀였다. 금방이라도 날개를 치며 날아갈 듯 생생한 봉황이 수놓인 비단 궁장을 차려입고 허리에는 여인의 전유물이라도 되는지 조빙빙의 것과 비슷한 협봉검을 찼는데, 그 아름다운 조화란 감히 조빙빙과 견줄 수 없을 만큼 뛰어났다.

특히 얼굴은 그 정점이었다.

평생 햇빛이라곤 본 적 없을 것 같은 희고 투명한 살결에 흑백이 뚜렷한 눈동자, 초승달처럼 부드러운 아미, 주단을 문 것 같은 붉은 입술은 보는 이로 하여금 심장이 멎게 할 정도로 아름다웠다.

귀주무림에서 가장 아름답다는 독고설란과 차갑고 냉랭한 아름다움이 일품인 조빙빙과 이미 여러 날을 함께 보낸 터라 어지간히 아름다운 여인을 보고서는 눈 하나 깜짝하지 않을 검노와 매상옥은 그야말로 눈이 휘둥그레졌다.

두 명의 주종이 입을 쩍 벌리며 여자의 아름다움에 감탄하고 있었지만 세 사람을 맞는 제운학과 조빙빙의 얼굴은 그리 썩 밝지 못했다.

특히 제운학이 그랬다.

"이게 무슨 짓인가?"

"루주가 제검성의 삼공자께서 그 유명한 검살십영(劍殺十影)을 이끌고 오셨다고 귀띔을 해주기에 적적하지 말라고 보내 드렸는데 이런, 여협들이 계셨군요. 이 결례를 어떻게 사과드려야 할지."

화려한 복장의 첫 번째 사내가 말했다.

새빨간 거짓말이다.

아마도 정자 바깥에서 호위를 서고 있는 십 인의 백의검수들이 검살십영인 모양인데, 그렇다면 기녀를 열한 명을 보냈어야 하지 않는가.

하지만 기녀는 딱 여섯 명이었고, 그건 살극달 일행 다섯과 제운학을 합한 수였다. 또한 검살십영까지 알아본 루주가 여인들이 있다는 걸 말해주지 않았을 리 만무했다.

"제 오라버니, 오랜만이에요."

아리따운 여인이 흡사 그 용모만큼이나 아름다운 목소리로 말했다. 목소리에 한 점의 조롱도 섞이지 않은 것이 진정으로 반가운 듯했다.

"오랜만이구나, 부용."

"석 오라버니의 장난이 좀 짓궂었죠? 제가 대신 사과드릴
테니 곁에 계신 두 분 여협께 합석을 해도 되는지 여쭈어봐
주실래요?"

제운학이 술을 따르려다 말고 조빙빙과 장자이를 돌아보
았다. 검노가 이러지도 저러지도 못하고 엉거주춤 술잔만 들
고 있는 와중에 조빙빙이 가볍게 고개를 끄덕였다. 장자이는
살극달을 한 번 힐끗 바라본 후 자신도 꿀릴 게 없다는 듯 흔
쾌히 고개를 끄덕였다.

"너희는 물러가라."

제운학은 기녀들을 물린 후 부용이라 불린 미모의 여인과
두 명의 사내에게 들어오라는 시늉을 했다. 세 사람은 이끌고
온 무리를 바깥에 세워둔 채 정자로 올랐다.

잠시 어수선한 분위기가 이어진 후 몇 개의 자리가 만들어
졌고, 사람들이 착석했다. 어쩌다 보니 주연을 주관하게 된
제운학이 상석이랄 수 있는 탁자의 북쪽 끝에 앉게 되었고,
탁자를 가운데 두고 살극달 일행과 새로 나타난 세 명의 남녀
가 마주 보고 앉게 되었다.

그러다 보니 검노는 또 술을 마실 기회를 놓쳐 버렸다. 그
는 입맛을 쓰게 다시며 기다릴 수밖에 없었다.

"일단 인사들 나누시지요."

제운학의 말에 화려한 복장의 사내가 살극달 일행을 향해 포권을 했다.

"강동석가의 석일강이라고 하오."

"석일강의 동생 석부용이에요."

"구담이오."

기녀를 보내 장난을 친 화려한 복장의 사내가 강동석가주의 첫째 아들이고, 아리따운 여인이 딸인 모양이었다.

소문에 듣기로 강동석가의 가주 석단룡은 그리 잘생긴 얼굴은 아니라고 했다. 하지만 그는 항주제일의 미녀를 아내로 맞았는데, 석씨 남매의 저 준수한 용모는 아마 그녀로부터 물려받은 것이리라.

"조빙빙이에요."

어쩌다 보니 제운학으로부터 가장 가까이 앉게 된 조빙빙이 먼저 인사를 했다.

"조빙빙? 자하부의 조빙빙?"

석일강이 눈을 동그랗게 뜨고 물었다.

"그래요. 제가 조빙빙입니다."

"오, 어쩐지 눈매가 낯이 익더라니. 하마터면 몰라볼 뻔했소이다."

제운학에게는 통하지 않던 역용이 석일강에게는 통한 모

양이었다. 아니면 석일강이 알면서도 모른 척한 것이든지.

"한데 왜 역용을 한 거죠?"

석부용이 나긋나긋한 음성으로 말했다. 흡사 옥구슬 세 개가 쟁반 위를 차례로 굴러가듯 맑고 싱그럽기 짝이 없었다.

"알아보는 사람들이 적지 않아서 좀 불편했어요."

석일강과 석부용이 이해가 간다는 듯 고개를 끄덕였다. 자하부에 혈사가 일어나 수많은 사람이 죽거나 다쳤는데 어찌 이목을 끌지 않겠는가.

만나는 사람마다 인사를 할 것이고, 또 안부를 묻는 척 사정을 알아보려 들 것이니 당사자로서는 죽을 맛인 게 당연하다.

하지만 석부용으로서는 사정을 캐묻지는 않아도 안부를 묻지 않을 수 없었다.

"독고설란 언니는 무탈하시죠? 아니, 이제 부주라고 불러드려야 하나요?"

조빙빙은 가볍게 웃는 것으로 대답을 대신했다.

자신과 달리 독고설란과 석부용은 문주의 딸이라는 공통분모가 있었다. 거기에 더해 석부용의 타고난 붙임성 때문에 몇 번 만나지 않고도 언니 동생이 되었다.

십패는 동지이면서 언제든 적으로 돌변할 수 있는 관계였지만 석부용은 그런 것 따윈 신경 쓰지 않는 성격의 소유자였다.

그때 장자이가 살극달에게 전음을 보내왔다.

[큰일 났어요. 일전에 녹류산장의 셋째 아들이 삼 년 전 용봉지연에서 이천풍의 칼에 맞아 죽었다고 했죠? 눈앞에 있는 구담이 바로 그의 형이에요. 소문에는 동생의 복수를 하겠다며 삼 년 동안 폐관 수련에 들어갔다가 얼마 전에 나왔다고 하더군요. 아무래도 지금의 만남이 우연이 아닌 것 같다는 생각이 드네요.]

살극달은 조용히 구담을 바라보았다.

과연 그의 눈동자에 은은한 살기가 맴돌고 있었다. 그때 석일강이 살극달 등에게로 시선을 던지며 물었다.

"그건 그렇고, 곁에 있는 분들은 누구신지……."

『비룡잠호(秘龍潛虎)』 5권에 계속…

장강삼협
長江三峽

조돈형 新무협 판타지 소설

『궁귀검신』, 『마도십병』, 『운룡쟁천』의
작가 **조돈형**
그가 장강의 사나이들과 함께 돌아왔다!

굽이쳐 흐르는 거대한 장강의 흐름 속에서
선혈처럼 피어나 유성처럼 지는 사내들의 향취!

장강삼협(長江三峽)!

하늘 아래 누구보다 올곧았던 아버지의 시신을 이끌고
고향으로 돌아온 유대웅을 기다리고 있던 것은
천오백 년의 시공을 뛰어넘은 패왕(霸王)의 무(武)와 검(劍)!

패왕칠검(霸王七劍)과 팔뢰진천(八雷振天)의 무위 아래
천하제일검(天下第一劍)으로 우뚝 선 소년의 일대기!

장강의 수류는 대륙을 가로질러
이윽고 역사가 된다!

Book Publishing CHUNGEORAM

유행이너머 자유주구 -
WWW.chungeoram.com

장강삼협
長江三峽

조돈형 新무협 판타지 소설

『궁귀검신』, 『마도십병』, 『운룡쟁천』의
작가 **조돈형**
그가 장강의 사나이들과 함께 돌아왔다!

굽이쳐 흐르는 거대한 장강의 흐름 속에서
선혈처럼 피어나 유성처럼 지는 사내들의 향취!

장강삼협(長江三峽)!

하늘 아래 누구보다 올곧았던 아버지의 시신을 이끌고
고향으로 돌아온 유대웅을 기다리고 있던 것은
천오백 년의 시공을 뛰어넘은 패왕(霸王)의 무(武)와 검(劍)!

패왕칠검(霸王七劍)과 팔뢰진천(八雷振天)의 무위 아래
천하제일검(天下第一劍)으로 우뚝 설 한 소년의 일대기!

장강의 수류는 대륙을 가로질러
이윽고 역사가 된다!

Book Publishing CHUNGEORAM

운명이 아닌 자유추구
WWW.chungeoram.com